지은이 | 글작소
펴낸이 | 권순남
펴낸곳 | (주)마야 · 마루출판사

등록 | 2008. 1. 7(제310-2008-00001호)

초판 인쇄 | 2012. 6. 18
초판 발행 | 2012. 6. 20

주소 | 서울시 노원구 상계 1동 1049-25 신영산업 BD 602호
대표전화 | 02-2091-0291
팩스 | 02-2091-0290
이메일 | marubookshanmail.net

ISBN | 978-89-280-0849-0(세트) / 978-89-280-0851-3
정가 | 8,000원

잘못된 책은 교환하여 드립니다.
저자와 협의하여 인지를 붙이지 않습니다.

포교

捕校

2

글작소 신무협 장편소설

MAYA & MARU ORIENTAL STORY

마루&마야

목 차

제14장. 자객을 잡다 …007
제15장. 있을 수 없는 일이 벌어지다 …023
제16장. 욕심이 화를 부르다 …045
제17장. 거래를 트다 …071
제18장. 비리 포교가 되다 …089
제19장. 도향교(塗香橋)의 변(變) …113
제20장. 적과 친구, 두 부류의 거지를 만나다 …139
제21장. 정기 상납 …163
제22장. 주목을 받다 …183
제23장. 새로운 도전 …213
제24장. 멈춰 섰던 강물이 다시 흐르다 …235
제25장. 피해자를 만들다 …255
제26장. 친구가 생기다 …281
자투리. 어느 날 살막에서 …299

창작 집단 (주)글바랑 소속

제14장
자객을 잡다

톡톡톡.

접객당에 들어서자마자 좌호법인 고군겸은 서탁을 두드리는 사내의 손을 주시했다.

'가늘고, 마디가 얇다.'

그건 허리에 매인 검에도 불구하고 검술을 극성으로 수련한 이가 아니라는 뜻이었다.

그것은 권법도 마찬가지.

간혹 손이 아기의 그것처럼 깨끗한 수공의 고수가 있다지만, 그건 전설에나 등장하는 삼대마공에 속하는 것들의 수련자에 한한 이야기일 뿐이었다.

그렇다면 특기는…….

'각법!'

홀로 결론을 내린 고군겸이 헛기침을 했다.

"험험, 그래… 어찌 찾아오셨소?"

"기문탁이?"

"아니오. 난 이곳 천강문의 호법을 맡고 있는 고군겸이란 사람이오."

"당신관 볼일 없어. 기문탁이 나오라고 그래."

상대의 불쾌한 행동에도 고군겸은 화를 내지 않았다.

적어도 눈앞에 앉은 이가 요즘 문파를 소란스럽게 만들고 있는 장본인임을 알기 때문이었다.

"군사는 지금 병중이오."

"병?"

피식-

어이없이 웃는 상대에게 고군겸이 서둘러 변명을 이었다.

"저, 정말이오."

"그래, 뭐, 그럴 수도 있겠지. 그럼 내 방문의 목적을 일단은 병문안으로 할까. 안내해 줄 수 있겠지?"

"그, 그건……."

당황하는 고군겸을 바라보며 상대가 서탁을 강하게 치고 일어섰다.

쾅-!

"수작질이라면 너도 공무 집행 방해로 잡아넣을 거야!"

웃기지도 않는 위협이었다. 적어도 며칠 전이었다면…….

하지만 천하의 뇌마까지 잡혀 들어가 있는 작금의 상황에서 저 말은 실체를 갖는 위협이었다.

그것도 꽤나 심각한.

"아, 아니오. 내 아, 안내하리다."

고군겸의 말에 슬쩍 미소를 그린 사내는 개봉부에 새로 부임해 온 신임 포교, 박세영이었다.

좌호법인 고군겸이 접객당에서 포교를 맞고 있는 동안, 수하들의 보고를 접한 천강문주는 잔뜩 표정을 일그러트리고 있었다.

"이게 정말 다 사실이란 거야?"

"예, 문주."

비각주(秘閣主)의 답에 문주인 국자문의 눈매가 가늘어졌다.

"도대체 어떤 놈이기에 뇌마가 의원에 입원을 다 하냐고?"

"정확한 정체는 아직……. 일단 그를 달래는 것이 우선이 아니겠습니까?"

"돈을 쓰자는 소리야?"

"군사전 무사들의 전언에 따르면 돈은 자칫 문제를 더 크게 만들 수도 있을 것이랍니다."

"왜?"

"놈의 뒤에 상당한 고위 인사가 연결되어 있답니다."
"그거하고 돈하고 무슨 상관인데?"
"자칫 뇌물로 몰아가면… 사안이 커질 수도 있답니다."
"무슨 말 같지도 않은! 내 돈과 금붙이 싫어하는 놈은 본 적이 없다. 가서 재화당주 들어오라고 그래."
국자문의 말에 비각주가 겸연쩍은 음성으로 말했다.
"저… 재화당주는 지금 좌포청에……."
"아! 그놈이 제일 먼저 잡혀 들어갔다고 했지."
"송구합니다, 문주."
고개를 조아리는 비각주에게 국자문이 말했다.
"그럼 자네가 가. 가서 적당히 찔러 줘."
"어느 정도나……?"
"뇌까지 잡아 처넣을 실력자라면 두 장은 줘야겠지."
"두… 장이면……?"
"천 냥짜리 전표 말이다."
"그, 금자로 말입니까?"
"그럼 은자로 주랴? 그걸로 먹히겠어?"
"그, 그건 아닙니다만……."
"쓸데없이 자꾸 말시키지 말고 가서 기름칠이나 잘해."
국자문의 핀잔에 고개를 조아리고 나온 비각주는 서둘러 재화당에서 천 냥짜리 전표 2장을 챙겨 접객당으로 향했다.

비각주가 찾아든 접객당은 텅텅 비어 있었다.
"어디로 간 게냐?"
비각주의 물음에 접객당의 무사가 답했다.
"약당으로 갔습니다."
"약당은 왜?"
"군사를 병문안한다고……."
"병문안?"
"예, 비각주님."
접객당 무사의 답에 비각주는 서둘러 약당으로 향했다.
마음이 급했던 그는 문파 안에선 경공을 사용할 수 없다는 금기까지 깨고 움직였다.
급한 마음에 양해도 구하지 않고 약당으로 들어서던 비각주는 꽤나 어이없는 광경을 목격해야 했다.
"벼, 병문안이라고 하지 않았소?"
"일단이라고 했잖아, '일 단'! 일 단이 지나갔으니 이 단이 나오는 건 당연한 거지."
"그, 그게 무슨……."
당황하는 고군겸의 만류를 뿌리치며 세영이 정신을 잃고 누워 있는 기문탁을 포승줄로 묶고 있었다.
지체해선 안 되겠다고 느낀 비각주가 나섰다.
"자, 잠시 저를 좀 보시겠습니까?"
갑자기 끼어드는 비각주를 돌아본 세영이 물었다.

자객을 잡다 · 13

"누구?"

"비각주입니다."

"비각주?"

"천강문의 정보를 맡고 있습지요."

"정보면… 세작?"

"세, 세작이라고 하기엔……. 아하, 아하하."

당황한 웃음을 흘리는 비각주에게 세영이 물었다.

"세작이 날 왜?"

"잠시면 됩니다. 이리로 잠시……."

비각주의 부름에 기문탁을 반쯤 감아 놓은 포승줄을 놓은 세영이 그에게 다가섰다.

"잠시 귀를……."

비각주의 청에 못마땅한 표정으로 세영이 귀를 가져다 댔다.

"대인의 선처를 바랍니다."

귀를 빌려 달라기에 뭔가 비밀스런 말이라도 건네나 싶었는데 정작 별것도 아닌 말이었다.

한데 그 말끝에 품속으로 무언가가 디밀어졌다.

덥썩-

놀라서 내린 손에 잡힌 것은 봉투였다.

의아함을 담은 세영의 시선에 부끄럼 타는 계집처럼 배시시 웃는 비각주의 얼굴이 들어왔다.

순간 머리를 스치는 한 단어.

'뇌약.'

흔히 뇌물이라 부르는 그 단어가 떠오른 세영의 얼굴을 마주 대하고 있던 비각주의 표정에 당황스러움이 떠올랐다.

상대의 얼굴이 흉신악살처럼 일그러지는 것을 보았기 때문이다.

❀   ❀   ❀

국자문은 좌호법인 고군겸에게 믿기지 않는 이야기를 듣고 있었다.

"뭐가… 어떻게 되었다고?"

"군사가 끌려갔습니다."

"군사 말고."

"비… 각주도 잡혀갔습니다."

"죄목이… 뇌물이라고?"

"정확히는 뇌물 공여죄랍니다."

"이런 빌어먹을!"

욕지거리를 내뱉는 국자문에게 고군겸이 조심스럽게 말했다.

"문제가 심각… 합니다."

"심각한 걸 누가 몰라! 재화당주에 위각주와 타각주, 거기다 비각주와 군사까지. 돈과 경비, 무력에 정보와 머리까지. 아주 골고루 끌려갔구만."

"어찌… 수습을 해야 할지 감조차 잡히지 않습니다."

"자객을 쓰면 어때?"

"뇌마를 잡아들인 작자입니다. 자객이 먹히겠습니까?"

"정면 대결을 벌이는 멍청한 자객 놈도 있나?"

"그야……."

"술과 매질, 암습엔 장사가 없는 법이야."

틀린 말은 아니다. 천하 백대고수들도 가끔 자객의 암습에 고꾸라지는 것이 강호였으니까.

"하면 어디에다……?"

"살막. 놈들이 깔끔한 편이니까."

"하지만 그놈들은 너무 비싸지 않을까요?"

"지금 돈 따지게 생겼어!"

"소, 송구합니다, 문주."

"가, 가서 지급으로 처리해 달라고 해!"

"예, 문주."

고개를 조아린 고군겸이 나가자 국자문은 자신의 문파를 말아먹기 직전인 신임 포교를 향해 악담을 퍼부었다.

"벼락 맞아 뒈질 새끼!"

우르르 쾅광-

거친 천둥소리에 세영이 창문을 바라보았다.

"비가 오려나?"

세영의 말대로 곧이어 세찬 빗줄기가 쏟아졌다.

고려를 떠난 이래로 처음 보는 빗줄기였다. 세차게 내리는 빗줄기를 바라보는 세영은 마음속에 담아 두었던 많은 일들이 축축이 젖어 가는 느낌을 받았다.

"저기… 포교님."

상념을 깨우는 소리에 고개를 돌리자 열린 문 밖에 포쾌 기름이 서 있었다.

"왜?"

"나 포두께서 잠시 건너오시랍니다."

"무슨 이유로?"

"그것까지는 소인도 잘……."

어색하게 웃으며 뒷머리를 긁적이는 기름에게 세영이 고개를 끄덕여 보였다.

"알았다. 곧 간다고 전하거라."

"예."

답한 기름이 물러가자 잠시 쏟아지는 빗줄기를 더 바라보던 세영이 자리에서 일어섰다.

"하필 이런 날씨에."

작게 투덜거리며 집무실에서 나온 세영이 처마를 벗어나

자, 세찬 비가 그의 몸을 때렸다.

"다 젖겠다."

젖는 것은 상관없지만 갈아입을 관복이 없다는 것이 문제였던 세영은 곧바로 뛰기 시작했다.

그렇게 댓 걸음 뛰었을 때였다.

퓨륙-

무언가 땅속에서 튀어 오른다고 느낀 순간 세영의 발이 강하게 진각(眞脚)을 밟았다.

콱-

"아악!"

비명이 터져 나오고, 땅을 반쯤 뚫고 나오던 복면인의 목이 세영의 발밑에 깔렸다.

그런 복면인을 내려다보며 세영이 희미하게 웃었다.

"호오~ 이것 봐라."

자신의 집무실에서 긴장된 신색으로 앉아 있던 나 포두는 문을 열고 들어오는 유 포교에게 황급히 물었다.

"어찌 되었나?"

"그, 그게……."

답을 주저하는 유 포교의 모습에서 뭔가 사달이 벌어졌다는 걸 알아차린 나 포두가 음성을 낮췄다.

"뭐가 잘못된 겐가?"

"자… 객이 잡혔습니다."

"뭐?"

당황하는 나 포두에게 유 포교가 말을 이었다.

"사로잡은 자객을 취조하겠다고 끌고 가는 걸 보고 오는 길입니다."

"사로잡혀? 자객이?"

"예."

"이런! 살막의 자객이라면서 어찌 살아서 잡힌단 말인가?"

"그러게나 말입니다."

"빌어먹을! 죽이면 안 된다는 우리 말을 부득부득 우겨서 손을 쓰기로 했으면 제대로라도 처리할 것이지!"

자신들의 반대에도 불구하고 자객을 쓴 천강문주에 대해 울화통을 터트리던 나 포두가 갑자기 창백한 표정이 되어 물었다.

"혹, 우리 이야기가 나오는 건 아니겠지?"

"우리와 접촉한 적이 없는 자인데 설마 그럴 리가 있겠습니까?"

"하지만 내부의 협조자가 그를 집무실 밖으로 유인해 낼 것이라 했다는 말이라도 토설했다간……."

나 포두의 말에 유 포교의 얼굴까지 하얗게 질려 갔다.

"주, 죽여야겠군요."

"어떻게?"

자객을 잡다 • 19

"고문은 이축의 일입니다. 그에게 손을 과하게 쓰라 하면……."

"어서 가게. 가서 서둘러 숨통을 끊어 놓으라 전하게."

"예, 선임 포두."

당황한 표정의 유 포교가 서둘러 나 포두의 집무실을 벗어났다.

그는 황급히 걸음을 옮겨 취조실이 차려져 있는 뇌옥의 지하로 향했다.

"자네가 왜 밖에 있는 겐가?"

취조실 문밖에 서 있는 이축을 발견한 유 포교의 물음에 그가 고개를 설레설레 저었다.

"도저히 보고 있을 수가 없어서 말입니다."

"그게… 무슨 소리야?"

"신임 포교 말입니다. 손속이 너무 독합니다."

"그가… 직접 고문을 한단 말인가?"

"예, 말도 마십시오. 사람이 개, 돼지도 아니고 어찌 그리 무식하게 두들겨 팰 수 있는지."

워낙 고문술이 악독해서 '좌포청의 개백정'이라 불리는 이축이다.

그런 그가 고개를 내저을 정도라는 것에 유 포교는 당혹감을 감추지 못했다.

"도, 도대체 어찌 다루기에?"

유 포교의 물음에 이축이 입을 떼려다 말고 고개를 저었다.
"그게… 말로는 설명이 어렵습니다. 직접 보시지요."
 말과 함께 슬쩍 열어 주는 취조실로 시선을 돌린 유 포교는 빠르게 움직이는 세영의 주먹과 그때마다 허공에 매달린 채 풀썩거리는 사내 하나를 볼 수 있었다.
 사람을 때린다는 것은 알겠는데, 저게 어찌 그리 잔혹하다는 건지 유 포교는 얼른 이해하지 못했다.
"저게… 끔찍하단 말인가?"
"잘 보십시오, 때리는 곳을."
 이축의 말에 따라 자세히 살피던 유 포교의 눈이 커졌다.
"저, 저거……."
"낭심만 때립니다. 섬뜩한 건 그것도 딱 죽지 않을 정도로만 친다는 겁니다. 아시겠지만 낭심을 맞았을 때의 고통은……."
 끔찍 그 자체다. 남자라면 잘못 스친 타격에도 사경을 헤맨다.
 한데, 허공에 매달린 자객은 그런 곳을 정신없이 두들겨 맞고 있었다.
 유 포교는 자객이 느끼고 있을 고통이 짐작조차 되지 않았다.
 진저리를 치는 유 포교에게 이축이 한 가지 사실을 더 알려 주었다.

"입은 보이십니까?"

이축의 말에 시선을 움직인 유 포교가 답했다.

"재갈이……."

"예, 자살을 방지한다고 재갈부터 물렸다더군요."

제대로 된 조치다. 그걸 왜 거론하는지 몰라 멀뚱히 바라보는 유 포교에게 이축이 말했다.

"지금 신임 포교가 왜 저러고 있는지 아십니까?"

"그야 배후를 대라는 게 아니겠나."

"맞습니다. 한데, 저리 입을 막아 두면 대답을 어찌 한답니까?"

유 포교는 그제야 이축의 말뜻을 이해했다.

지금 신임 포교는 자신의 목숨을 노린 자객에게 분풀이를 하고 있었던 것이다.

그것도 남자에게 가장 치명적인 방법으로.

"인간 같지 않은 놈……."

"바로 그렇다니까요."

이축의 말에 신임 포교를 바라보며 유 포교는 오한이 드는 것을 느껴야만 했다.

마치 저 주먹이 조만간 자신의 낭심으로 날아올 것만 같은 생각 때문이었다.

제15장
있을 수 없는 일이 벌어지다

 손을 멈춘 세영이 허공에 매달린 채 온몸을 비틀어 대는 자객을 올려다보았다.
 "좀 쉬자. 너도 힘들고 나도 힘들다."
 미칠 듯한 고통에 시달린, 아니 아직도 시달리고 있는 자객의 입장에선 절대로 동의할 수 없는 말을 던져 둔 세영이 몸을 돌려 무언가를 찾았다.
 "이런… 이축!"
 세영의 고함에 문밖에 서 있던 포쾌 이축이 황급히 달려 들어왔다.
 "예, 포교님."
 "물."

"여, 여기 있습니다."

한쪽에 치워 두었던 물병을 찾아 건네자 세영이 그걸 받아 들고 마셨다.

꿀꺽, 꿀꺽.

어찌나 시원하게 마시는지 아무 생각도 없던 이축이 다 목이 마를 지경이었다.

그러니 허공에 매달려 반 시진 가까이 낭심을 맞아 댄 자객은 오죽할까.

고통의 잔상에 몸을 비틀어 대면서도 자객은 세영이 들고 있는 물병에 시선을 주고 있었다.

그걸 보았던지 세영이 물병을 들고 자객에게 다가섰다.

"목마르지?"

그의 물음에 자객의 눈빛이 갈등으로 흔들렸다.

"마르면 마르다고 말해. 그럼 줄 테니까."

세영의 말에 자극을 받았는지, 아니면 다른 생각이 있었는지 자객은 작게 고개를 끄덕였다. 한데……

"왜 말을 안 해? 물 싫어?"

세영의 말에 자객의 눈엔 의아함이 들어섰다.

뒤에 서 있던 이축도 이해할 수 없다는 눈길로 세영을 바라보았다.

그런 두 사람의 시선을 모르는지 세영이 다시 물었다.

"줘, 말어?"

세영의 물음에 자객의 고개는 이전보다 더 크게 끄덕여졌다. 하지만······.

"새끼가 말을 안 해."

그러곤 먹다 남은 물을 자신의 머리에 부어 버렸다.

"아- 시원하다. 지하라 그런지 공기가 탁해서 더워. 안 그래, 이축?"

갑작스런 물음에 이축이 황급히 답했다.

"아, 예. 좀 그, 그런 편입지요."

덥다고? 아니다. 지하라 그런지 여름엔 시원하고 겨울엔 그리 춥지 않았다.

하지만 세영의 박력에 눌린 건지, 아니면 직급 탓인지 이축은 자신의 소신대로 답하지 못했다.

어정쩡하게 서 있는 이축에게 물병을 건넨 세영이 허공에 매달린 자객을 바라보며 싱긋 웃었다.

"자- 그럼 다시 시작해 볼까."

그때 이축은 분명히 보았다. 제발 말려 달라는 듯한 자객의 눈빛을.

하지만 그것을 말로 꺼내지 못했다. 세영이 그를 돌아본 까닭으로······.

"뭐해? 물 떠 오지 않고."

"예? 아! 예, 포교님."

물병을 들고 돌아서는 이축의 귀로 무언가를 때리는 소음이 다시 들려오기 시작했다.

   ❁ ❁ ❁

 강호에서 야령(夜靈)이라 불리는 살막주는 생각지 못한 보고에 어이없는 표정이었다.
"실패?"
"예, 막주."
 불안한 눈빛으로 고개를 조아리고 있는 총관을 내려다보던 살막주가 물었다.
"거기다 사로잡히고?"
"그것이……. 죽여 주십시오."
 총관의 말에 살막주의 손이 올라갔다. 순간 엎드려 있던 총관이 말을 바꿨다.
"살려 줘요, 매형."
 부글부글 끓어오르는 울화로는 단매에 쳐 죽여도 부족했다. 하지만…
 세상에서 자신이 유일하게 두려워하는 여인의 얼굴을 떠올린 살막주의 손이 슬그머니 내려갔다.
"누굴 보냈던 거지?"
"십칠 호를……."
 17호. 지둔술이 뛰어난 일급 살수다.

인내심이 많고, 꽤나 인상적인 쾌검도 가지고 있는 녀석이다.

하지만 상대는 뇌마를 잡은 놈이었다.

"부족했다."

"저, 저도 그리 생각하……."

"그런 생각은 보내기 전에 하는 거다."

"죄, 죄송합니다."

"뒤처리는?"

"근처에 구 호가 있어 그에게 맡겼사온데 막주님의 명령을 요구하는지라……."

백살해막(百殺解幕). 백 번의 살행이 끝나면 살막의 제약에서 풀어 준다는 제약 때문이다.

서열 10위권의 자객들은 모두 백살해막을 위해 움직인다. 당연히 공식적인 막주의 명령이 아니라면 움직이지 않는 것이다.

"구 호라면 충분할까?"

"뇌마가 마도십팔마의 수좌격인 오살마라고는 하나 천하백대고수엔 들지 못한 자입니다. 구 호면 충분할 것입니다."

"놈이 관인이라고 했나?"

"예, 포교입니다."

"어디 출신이야? 몽고 황실에서 고용한 무림인인가?"

"그게 아니라, 고려 출신이랍니다."

"어디?"

"고려… 동쪽 오랑캐 말입니다."

"동영(東瀛) 애들 외에는 그쪽 방향으로는 관심을 안 둬서……. 잘나가는 애들인가?"

"지금은 백기를 들었다지만 몽고 놈들을 사십 년 넘게 애먹인 이들입니다."

"독한 놈들인 모양이로군. 지금 삼 호는 어디에 있지?"

"삼 호……. 너무 과한 대응이 아니올지?"

"확실한 게 좋아. 괜히 적당히 맞춘답시고 보냈다가 이번에도 실패하면 쪽팔려서 살막이라는 말도 못 꺼내게 될 거다."

"그, 그러면 차라리 이 호를……."

부득불 3호를 보내지 않으려는 총관을 물끄러미 바라보던 살막주가 말했다.

"총관, 아니 처남."

"예? 아! 예, 매형."

"기 낭자만 보면 막 마음이 울렁이고, 심장이 벌렁거리지?"

"그, 그걸 어찌……?"

놀라는 총관에게 살막주가 말을 이었다.

"몸매도 낭창낭창하고, 얼굴은 서시 뺨치게 생겼으니 눈이 즐겁지. 가끔은 한번 안아 보고 싶기도 하고. 안 그래?"

"그, 그야……."

배시시 웃으며 몸을 꼬는 총관을 한심하게 바라보던 살막주가 말했다.

"버려."

"예?"

"그 마음, 그 생각 버리라고."

"하, 하지만 전 진심으로……."

"나도 진심으로 걱정해서 하는 말이야. 호색한으로 악명이 자자한 이 호가 왜 기 낭자를 안 건드리는 줄 아나?"

"그, 그야… 같은 식구니까……."

"그래서 십오 호와 이십칠 호는 옆구리에 끼고 다니고?"

살막주의 말에 총관의 입이 다물렸다. 분명 그 둘은 2호와 내연 관계를 형성하고 있었으니까.

답을 못하는 총관에게 살막주가 답답하다는 듯이 말했다.

"죽고 싶지 않은 거야. 기 낭자의 벽안마소(碧眼魔笑)를 이겨 낼 자신이 없는 거지. 하긴 십대고수도 감당이 안 되는 거라는데, 이 호가 감당한다는 것이 웃긴 이야기겠지."

"그, 그래도 진심이 통하면……."

"진심? 그래, 그럴 수도 있겠지. 기 낭자가 특이한 취향, 정말 특이한 취향을 가지고 있어서 처남을 진심으로 사랑한다고 치자고. 벽안마소의 저주를 벗어날 방법은 있어?"

"그, 그건 그저 전설일 뿐이라고······."
"어떤 새끼가?"
"예?"
"어떤 새끼가 전설일 뿐이라고 했냐고?"
"그, 그냥 제 생각엔······."

총관의 말에 살막주가 콧방귀를 뀌었다.

"지랄! 그게 그냥 전설이면 이백 년 전에 천하제일인으로 불렸던 철검존(鐵劍尊)은 심장마비로 죽었나?"

살막주의 힐난에 총관은 입을 다물 수밖에 없었다.

철검존의 죽음은 벽안마소의 전승인과 사랑에 빠진 나머지 벽안마소의 저주에 빠져 죽었다고 알려져 있었기 때문이다.

그 말을 듣고 시무룩해진 총관의 모습에 그래도 처남이라고 살막주가 걱정 어린 말을 건넸다.

"벽안마소는 연인의 죽음을 먹고 완성되는 절대의 마공이야. 진심? 벽안마소를 연성한 여인이 진심으로 상대를 사랑하게 되는 순간 벽안마소의 마기가 그 상대의 뇌를 갉아먹을 거라고. 하니 진심이고 허심이고 접근조차 하지 마!"

더구나 살막에서 3호라 불리는 기 낭자는 저주의 마공이라는 벽안마소가 아니어도 남자에게 관대한 편이 아니었다.

아니, 무슨 이유에선지 남자라면 날을 세우기 십상이었던 것이다.

그런 성품상 자신에게 추파를 던지거나 추근거리는 인간이라면, 총관이 아니라 막주라 할지라도 그냥 내버려 둘 사람이 아니었다.

"그래도……."

"쓰읍! 그래도는 무슨……. 명심해! 이 말 무시하면 곧바로 자네 누나한테 일러서 아주 박살을 내 놓을 테니까!"

"그, 그건 너무 가혹하잖아요!"

"가혹은 자네가 누나한테 끌려간 다음에 하는 말이고."

살막주의 냉정한 말에 총관은 힘없이 어깨를 늘어트렸다. 그런 총관에게 살막주의 명이 떨어졌다.

"명을 전해. 삼 호가 주공, 구 호가 보조."

"둘 다 보낸다고요?"

"확실히 하는 게 좋다는 말, 어디로 들은 거야?"

"아, 알겠습니다."

힘없는 모습으로 돌아서는 총관의 뒤에서 살막주가 낮게 혀를 찼다.

❈   ❈   ❈

여름철의 키 큰 나무는 시야의 확보와 은폐를 모두 제공하는 고마운 조력자였다.

꾸물거리는 애벌레가 약간의 불편을 주긴 하지만, 나무에서 머무는 시간이 길어질 경우엔 꽤나 유용한 식량원의 역할을 담당하기에 큰 불만은 없었다.

동료들이 9호라 부르는 사내는 느긋하게 자세를 잡았다. 얼마나 시간이 걸릴지 모르는 은신은 최대한 편한 자세를 찾아내는 것이 관건이었다.

여러 차례 바꾼 끝에 가장 편한 자세를 찾아낸 9호의 시선에 익숙한 이의 모습이 보였다.

'예비 시체시로군.'

9호가 발견한 이는 세영이었다.

"뭐 그리 바쁜 일이라고, 한참 취조 중인 사람을……."

투덜거리며 걷던 세영의 발이 작은 전각 앞에서 멈춰졌다.

〈모란각(牡丹閣)〉

눈치 빠른 기루의 호객꾼이 세영 앞으로 달려와 고개를 조아렸다.

"어서 오십시오."

"나 포두님을 찾아왔다만."

"기다리고 계십니다. 안으로 뫼시겠습니다."

앞서는 호객꾼을 따라 기루 안으로 들자 술 냄새와 지분 냄새가 확 풍겨 왔다

"쯧, 기루라니……."

못마땅한 음성으로 혀를 차자 앞서 가던 호객꾼이 흘끗 뒤를 돌아보았다.

"왜?"

"아, 아닙니다."

얼른 고개를 돌린 호객꾼이 세영을 이끈 곳은 3층의 한 객실이었다.

드르륵.

"들어가시지요."

호객꾼이 열어 준 문으로 들어서니 세 사람의 선객이 있었다.

"어서 오게. 그쪽, 그렇지, 거기 앉게."

자신의 손짓에 세영이 비어 있는 오른쪽에 자리를 잡고 앉자 나 포두가 다른 이들을 소개하고 나섰다.

"유 포교는 알 것이고. 이쪽은 이곳 모란각의 각주, 이협일세."

"처음 뵙겠습니다, 이협이라 합니다."

의외로 기루의 각주는 잘생긴 사내였다.

아니, 아니, 지금 중요한 건 그런 게 아니다.

한창 자객을 취조 중이던 사람을 급하다며 불러낸 이유가 먼저였다.

이협의 인사에 가볍게 고개를 숙여 보이는 것으로 답례를 대신한 세영이 나 포두를 바라보았다.

"급한 일이 있으시다는 연락을 받고 왔습니다."

"급한 일이라……. 암! 급한 일이지. 동료들끼리 단합심을 키우고 주변 상인들과 인사하는 자리이니 급한 일이지. 아니 그런가?"

나 포두의 물음에 그의 왼편에 앉아 있던 유 포교가 크게 맞장구를 쳤다.

"암요! 이보다 급한 일이 어디에 있답니까. 급하죠."

나 포두의 말에서 이 자리의 의도를 짐작한 세영은 미간에 주름을 잡았다.

"그런 일이셨다면… 저는 남은 공무가 있어, 이만……."

자리에서 일어서려는 세영을 나 포두의 음성이 잡았다.

"고려에서도 포교였다고 들었네만, 그쪽에선 선배와 동료의 호의를 이런 식으로 거절하는가?"

완전히 일어서지도 못했다.

엉거주춤한 상태인 세영의 당혹스런 시선이 나 포두에게 향했다.

"뭘 그리 보는가? 가려면 가고, 앉으려면 앉게. 단, 자네 행동에 따라 이후 내가 자넬 대하는 방향도 정해질 것이라는 걸 알아 두었으면 하네."

갈등이 일었다.

까짓것 제가 뭐라 생각하건 관여할 바 아니라 여길 수도 있었지만 역시나 선친의 조언이 귓가를 울렸다.

'적은 네 앞길을 막을 것이나 친구는 너와 함께 길을 걸어갈 것이다. 하니 언제나 적을 만드는 일보다 친구를 만드는 일을 우선시해야 할 것이다.'

갈등이 길 수 없었다.
다시 자리에 앉는 세영의 모습에 나 포두가 무릎을 치며 웃었다.
"푸하하하! 그렇지, 그래야 동료인 게야. 자- 이 각주, 우리에게 오늘 거하게 한번 차려 봐 주시구려. 어여쁜 아이들도 좀 넣어 주시고."
나 포두의 너스레에 이협이라던 모란각의 각주가 웃으며 고개를 끄덕였다.
"여부가 있겠습니까? 내, 상다리가 부러지게 차려 올리겠습니다."
"아이들은?"
유 포교의 확인에 이협이 웃었다.
"염려 마시지요. 내 오늘 우리 집 최고의 기녀들로 골라 들이리다."
"크하하! 내 언제나 이 각주의 그 큰 배포가 마음에 들었소이다."
"그렇다니 다행입니다. 하면 잠시만 기다려 주십시오."
그 말을 남겨 두고 이협이 방을 나가자 세영이 불편한 얼굴로 물었다.

"설마 술값을 안 내는 자리는 아니겠지요?"

세영의 물음에 나 포두는 당황했다.

당연한 이야기를 묻는데 왠지 평소대로 답을 하면 아니 될 것 같은 느낌이 들었기 때문이었다.

그건 유 포교도 마찬가지였는지 서둘러 변명을 해 왔다.

"그, 그럼. 설마하니 우리가 장사치에게 술이나 어, 얻어먹겠소."

"그렇다면 다행입니다."

비록 관복을 입고 술집에 앉아 있다는 것이 불편했지만 어차피 퇴청 시간이 지난 때였다.

장사치의 등을 치는 일이 아니라면 즐기지 못할 것도 없었다.

세영의 자세와 표정이 풀어지자 잔뜩 긴장하고 있던 나 포두와 유 포교의 표정도 다소 안정되어 갔다.

그런 두 사람에게 세영이 물었다.

"한데, 여기가 가장 좋은 기루입니까?"

세영의 물음에 나 포두가 고개를 저었다.

"개봉 최고는 누가 뭐라 해도 도화원(桃花阮)이지. 건물도 아름답고 웅장한 데다 기녀들도 선녀가 따로 없으니까."

"그럼 왜 그곳으로 안 가시고?"

그 물음에 나 포두가 씁쓸하게 웃었다.

"고관들이 다니는 곳일세. 포청에선 포령 정도나 되어야 발이나 들여놔 볼까? 우리 같은 포두나 포교는 어림도 없는 곳이라, 그 말일세."

고려도 그랬다. 지체 높은 관리들이 다니는 기루는 어지간한 이들은 근처에도 다가가지 못했다.

고위 무신들이 그곳을 방문할 땐 더러 군병들이 기루를 둘러싸고 경비를 서기도 했다.

그러고 보면 사람 사는 곳은 고려나 중원이나 다 비슷비슷한 모양이었다.

"그렇군요."

짧게 답하는 이유가 실망 때문이라고 생각했던지 나 포두가 얼른 말을 이었다.

"그렇다고 여기가 형편없이 밀리는 곳은 아니라네. 개봉 삼대 기루 중 한 곳이니까. 하니 간다는 말은 말게."

"갈 생각… 아니었습니다."

"그래? 그렇다면 다행이고."

갈려면 가라던 좀 전의 당당한 모습과는 조금 다른 조급함이 엿보였지만 세영은 깊이 생각하지 않았다. 그렇게 잠시의 시간이 흐르고, 문이 열리며 산해진미가 가득 차려진 상이 들어왔다.

"오호!"

기다리던 유 포교의 탄성이 가볍게 느껴지지 않을 정도로 음식은 푸짐하고 정갈했다.

하지만 그것으로 놀라기엔 너무 일렀던 모양이다.

"뭐, 뭐야!"

나 포두의 놀람이 경악에 가까웠던 것은 상을 따라 들어서는 기녀들의 미모가 상상 이상이었기 때문이었다.

"오늘부터 새로 일을 시작하는 아이들입니다."

언제 들어왔는지 이협이 의미심장한 미소를 그려 보였다.

"대, 대단하오, 이 각주. 이거 아무래도 조만간 개봉 제일 기루의 명예는 모란각 차지가 될 듯싶소이다."

엄지손가락을 들어 보이는 나 포두의 칭찬에 이협이 가볍게 고개를 숙였다.

"과찬이십니다. 하면 전 이만……. 잘 모셔야 한다."

기녀들에게 당부를 남긴 이협이 나가자 문이 닫혔다.

"자자, 뭐하느냐, 어서 앉지 않고."

나 포두의 말에 기녀들이 저마다 자리를 차지하고 앉았다. 한데, 나 포두와 유 포교의 시선이 세영의 곁에 앉은 기녀에게서 떠날 줄을 몰랐다.

자신들 곁에 앉은 기녀들도 보기 드문 미색이었지만 세영 곁에 앉은 기녀의 미모에 비하면 반딧불과 달빛의 차이만큼 큰 격차를 보였던 것이다.

"허험. 거참, 오늘 박 포교의 운이 좋은 모양이외다."

"그러게 말입니다. 부럽소이다, 박 포교."

유 포교까지 거들고 나섰지만 세영은 그 말들이 뜻하는 바를 제대로 알아듣지 못했다.

그 탓에 은근히 양보를 바랐던 두 사람은 입맛을 다실 수밖에 없었다.

술자리는 나쁘지 않았다. 막바지에 술에 취한 나 포두가 네가 그리 잘났냐며 삿대질을 해 댄 것을 빼면…….

"아무래도 더는 안 되겠소. 내, 나 포두님을 모시고 먼저 일어날 터이니 천천히 일어나시구려."

나 포두의 주정에 당황한 유 포교가 그를 부축하고 일어서자 세영도 자리에서 일어섰다.

"함께 가지요."

"아니오, 아니오. 모처럼의 자리이니 좀 더 즐기다 오시구려. 회포를 풀어도 좋고……."

자신의 곁을 흘깃거리며 헤실거리는 유 포교의 말에 세영이 고개를 저었다.

"아니오, 나도……."

"그리하시어요."

살포시 그의 팔을 붙잡는 기녀의 음성에 세영의 말이 끊겼다.

그게 부러웠던지 술에 취한 나 포두가 지껄였다.

"크크크, 이승에서의 마지막 호사로는 차고 넘치……."

"아! 나, 나 포두님, 취, 취했어요."

있을 수 없는 일이 벌어지다 • 41

당황한 유 포교가 나 포두의 입을 막았다.

그걸 바라보는 세영의 눈에 의아함이 어리자 유 포교가 황급히 변명을 해 댔다.

"이, 이승에서의 마, 마지막 밤같이 불태워 보라. 뭐, 그런 의미의 말이었을 거요."

유 포교의 해명에 세영은 시큰둥한 표정을 지어 보였다.

"도무지 무슨 말씀이신지……."

"그냥 즐기면 된다는 말이오. 그럼 우린 이만."

황급히 나서는 둘과 함께 나갈 수 없었다. 팔을 잡고 있는 기녀 때문이었다.

물론, 그 팔을 치우고 싶지 않은 자신의 마음이 더 근본적인 원인이겠지만.

다시 자리에 앉은 세영의 잔에 기녀가 술을 따랐다.

"저도 한 잔 주시겠어요?"

처음으로 기녀가 스스로 술잔을 내밀었다. 그녀가 내민 술잔에 술을 따르던 세영이 기녀와 눈을 마주쳤다.

"눈이 예쁘네."

"예?"

"파란색이라……. 난 그런 색의 눈은 처음 봐서."

"그, 그냥 예쁘기만 하다고요?"

왠지 당황한 듯 보이는 기녀의 물음에 잠시 그녀의 눈을 들여다보던 세영이 씨익 웃었다.

"반짝이기도 하네."

기녀의 손에서 힘이 풀렸다.

"어! 술이… 이렇게 돈 버는 거 좋은 버릇은 아니다."

방바닥에 쏟아진 술을 바라보는 세영의 음성엔 못마땅함이 가득했다.

9호는 멀쩡한 모습으로 기루를 나서는 '예비 시체'의 모습에 당황했다.

'뭐, 뭐야!'

자신이 받은 임무는 3호의 보조였다.

'보조'라는 말이 뜻하는 대로 자신은 그저 3호가 처리하는 것을 지켜보거나 도울 일이 생기면 움직이면 그만이었다.

하지만 그 어디에도 저렇게 목표가 멀쩡하게 움직여도 된다는 말은 들어 있지 않았다.

'실패……? 그럴 리가?'

경악 어린 표정의 9호가 기루로 시선을 돌렸다. 그렇게 기루를 바라보던 그는 3층의 열려진 창문에서 3호를 발견할 수 있었다.

-어찌 된 거요, 기 낭자?

9호의 전음에 3호의 답변이 마찬가지로 전음으로 돌아왔다.

-실패… 했어요.

믿기지 않았지만 예상이 적중했다.

하면 이제부턴 자신이 '보조'가 아니라 '주공'이 될 차례였다.

더구나 목표는 마침 자신이 은신해 있는 나무 아래를 지나고 있었다.

갈등을 접은 9호의 신형이 날카로운 비수를 든 채 무서운 속도로 떨어져 내렸다.

쉐에에에엑- 쾅!

섬뜩한 음향에 3층의 기 낭자가 눈을 감았다.

수없이 많은 죽음을 직접 만들고, 또 보아 왔지만 이번엔 왠지 똑바로 바라볼 수 없었던 탓이었다.

이내 사람들의 웅성거림이 들리고, 천천히 눈을 떴다.

"마, 말도 안 돼!"

3호, 살막에선 '기 낭자'라 더 많이 불리는 기녀의 눈이 크게 뜨였다.

멀쩡한 모습의 목표가 바닥에 형편없는 모습으로 널브러진 9호를 물끄러미 내려다보고 있었기 때문이다.

"쯔쯔, 요샌 나무에서 사람도 열리는 모양일세."

말도 안 되는 소리를 지껄인 세영은 허리춤에 걸어 두었던 포승줄을 풀어 정신을 잃고 널브러진 9호를 둘둘 엮더니 그를 둘러업고 떠났다.

그 모습을 기 낭자는 어이없는 표정으로 바라보았다.

제16장
욕심이 화를 부르다

아침에 출청한 나 포두는 머리를 감싸 안았다.
"아이고, 머리야."
전날 술을 과하게 먹긴 했지만 그로 인한 숙취의 고통만은 아니었다.
"어찌… 할까요?"
잔뜩 표정을 구기고 있는 것은 유 포교도 마찬가지였다.
"놈은 지금 뭘 하고 있나?"
"취조… 중입니다."
"밤새?"
"아침부터 시작했답니다."
"알아낸 건?"

"아무것도……. 재갈을 물린 이들에게서 무엇을 알아낸다는 건 불가능하니까요."
"여전히 재갈을 안 풀어 주었다던가?"
"예."
"박 포교, 그놈도 독한 놈이지만 자객 놈들도 징그러운 놈들이로구만."
"그게……."
미적거리는 유 포교를 힐끗 바라본 나 포두가 물었다.
"왜? 할 말이라도 있나?"
"예, 오늘 아침에 만나 본 이축의 표현을 빌리자면 처음에 잡힌 자객은 아무래도 재갈만 풀면 술술 불 것 같답니다."
"무, 무슨 소리야!"
"눈이 반쯤 풀린 데다 박 포교만 보면 오줌을 지린답니다."
"그런데 왜 재갈을 안 푼다던가? 아, 아니… 그게 문제가 아니라, 그럼 큰일이 아닌가?"
"그렇긴 한데… 박 포교가 재갈을 풀어 줄 의향이 아예 없는 것 같답니다."
유 포교의 말에 나 포두는 반색을 하면서도 고개를 갸웃거려야만 했다.
"아니, 왜?"
"그건 모르겠답니다."

"이거야 원, 좋아해야 하는 건지 슬퍼해야 하는 건지 모르겠구먼."
"그리고……."
"또 뭐?"
"아침에 손님이 찾아왔습니다."
"손님? 혹시 천강문?"

불안해 보이는 나 포두의 물음에 유 포교가 고개를 저었다.

"뇌… 령문입니다."
"뇌령문이면……?"
"강호에선 자타공인 산서의 패자입죠. 아시겠지만 뇌마가 문주로 있는 문파입니다."

유 포교의 답에 나 포두가 다시 머리를 잡았다.

"머리가 깨지는 것 같구만."
"어떻게… 만나 보셔야 하지 않을까요?"
"만나서 뭐라고 하고?"
"그렇다고 내버려 두면 아무래도 포령을 찾아갈 듯해서……."

유 포교의 말에 나 포두의 인상이 구겨졌다.

아무리 상납을 받는다지만 노골적으로 문제를 떠안기면 좋아할 사람은 아무도 없다.

귀찮은 거 싫어하는 몽고 놈들은 특히나 더!

"빌어먹을! 데리고 오게."

"예, 선임 포두님."

고개를 조아려 보인 유 포교가 방을 나서고 잠시 후, 삼국지에 나오는 장비를 닮은 사내와 함께 그가 돌아왔다.

"산서장비(山西張飛) 수참이 포두 대인을 뵈오이다."

자신보다 머리 하나는 확실하게 더 큰 상대의 포권에 마주 선 나 포두가 자리를 가리켰다.

"개봉 좌포청의 나 포두요. 일단 앉읍시다."

자신의 권유에 자리에 앉은 수참에게 나 포두가 물었다.

"한데, 어쩐 일로……?"

쿵-

수참은 답 대신 묵직한 자루를 탁자에 올려놓았다.

"이것이 무엇인지……?"

"금이요. 열 관(貫)이니 섭섭하진 않을 것이외다."

수참의 말에 나 포두와 유 포교의 얼굴에 경악이 들어섰다. 금이 자그마치 열 관이었다.

열 관이면… 금자로 천 냥이다.

개봉 한복판의 근사한 기와집 한 채의 값이 금자 백 냥이니 자그마치 기와집 열 채 값이었다.

그것만으로도 놀랄 지경인데 수참은 봉투 하나를 더 내밀었다.

탁-

"이건 무엇이오?"

나 포두의 물음에 수참이 답했다.

"금자 오천 냥짜리 전표요."

눈이 화등잔만 해지는 나 포두에게 수참이 말을 이었다.

"천강문이 이천 냥을 제시했다 거절당했다는 소리를 들었소. 해서 준비한 것이니 받고 문주를 풀어 주시구려."

수참의 말에 침을 꿀꺽 삼킨 나 포두가 전표에서 눈을 못 뗀 채 말했다.

"무, 무조건 그래야……."

답을 다 듣지도 않은 수참이 일어섰다. 동의로 받아들인 것이다.

하지만 뒷말이 다시 수참을 붙잡아 앉혔다.

"…하겠지만 내가 결정할 수 있는 일이 아니라서……."

"그게 무슨 소리요? 난 포두 대인이 모든 걸 담당한다고 들었소만."

"그, 그야 그렇지만… 사건의 수사는 각각 담당하는 포교들이 있는 터라……."

물론 어지간한 작자라면 돈 몇 푼 쥐여 주고 무마하거나 겁을 주어 포기하게 만들 수도 있었다.

하지만 상대는 몽고 최상층부와 연결된 인사였다. 돈이 탐나 덥석 물었다간 구족의 목이 날아갈 수도 있었다.

"하면 그자를 만나게 해 주시오."

그 말과 함께 전표가 담긴 봉투를 회수하는 수참에게 아쉬운 표정의 나 포두가 말했다.
"그건 어려운 것이 아니나… 장담은 할 수 없소이다."
"그건 내가 알아서 하겠소이다."
"그럼 그럽시다."
일어서는 나 포두가 탁자에 남겨진 금괴 주머니를 바라보았다.
"이건… 안 가져가시오?"
"그건 소개비요."
수참의 말에 나 포두와 유 포교의 입이 찢어질까 두려울 정도로 벌어졌다.

취조실에서 불려 나온 세영은 거구의 사내와 마주 서 있었다.
"뇌령문의 수참 대협일세. 자넬 찾아왔다네."
나 포두의 소개에 세영이 수참을 바라보았다.
"날 왜?"
다짜고짜 날아드는 반말에 평소 버릇대로 욱해서 반쯤 들어 올리던 손을 가까스로 멈춘 수참이 그 손으로 겨우 포권을 만들어 냈다.
"뇌, 뇌령문의 수참이오."
"그건 이미 들었고. 이유?"

묻는 말투까지 싸가지가 없다.
"흐음… 먼저 이것을……."
수참이 내미는 봉투를 받아 든 세영이 물었다.
"이게 뭐지?"
"보면 알 게요."
수참의 말에 봉투를 열어 본 세영의 표정이 굳었다.
"돈… 이군."
"문주를 풀어 주시오."
수참의 말에 세영이 봉투를 흔들며 물었다.
"그럼 이게 뇌물?"
"뇌물이 아니라 몸값이오."
"몸값이라……."
작게 중얼거리던 세영이 마침 근처를 지나가던 기륭을 불러 세웠다.
"기륭!"
"예, 포교님!"
크게 답하고 달려온 기륭은 바짝 긴장한 표정이었다.
그런 그를 바라보며 나 포두와 유 포교는 기륭이 원래 저렇게 군기가 바짝 든 사람이었나 싶어 고개를 갸웃거려야만 했다.
"가서 예군평이 좀 끌고 나와."
문주의 이름을 마구 부르는 것에 눈썹이 꿈틀거렸지만

욕심이 화를 부르다 • 53

다 된 밥에 재를 뿌리지 않기 위해 수참은 애써 분노를 억누르고 있었다.

"예군평이면… 뇌, 뇌마!"

놀라는 기륭에게 세영이 눈살을 찌푸렸다.

"죄인에게 사사로이 별칭을 붙이지 말라던 말을 그새 잊었는가!"

"아, 아닙니다!"

"그럼 쓸데없는 말 말고 가서 예군평이나 끌고 와!"

"예, 예! 포교님."

크게 답한 기륭이 뇌옥으로 뛰어 들어간 지 얼마 후, 포승줄에 꽁꽁 묶인 뇌마가 기륭의 손에 끌려 나왔다.

"무, 문주님!"

그 모습에 놀라서 다가가려는 수참을 세영이 막았다.

"죄인과의 접촉은 금한다."

단숨에 쳐 죽이고 싶었지만 관부 안이라 수참은 이번에도 참아야만 했다.

그렇게 발길을 멈춘 수참을 뇌마도 알아보았다.

"부문주로군."

"예, 문주님."

서로를 바라보는 두 사람 사이로 슬쩍 세영이 끼어들었다.

"어이, 예군평이."

"왜 그러시오?"

"내 하나 궁금한 것이 있어서 그러는데 말이야, 너 몸값이 얼마나 한다고 생각해?"

"그게 무슨 말이오?"

"예를 들면 네가 산적한테 잡혔는데 얼마를 주면 풀어 줄 것 같냐, 그 말이야?"

세영의 물음에 뇌마는 코웃음을 쳤다.

"감히 날 잡을 산적은 없소!"

"지랄은… 답이나 해!"

세영의 윽박질에 마지못한 듯 뇌마가 답했다.

"내 몸값이라면… 적어도 금자 수만 냥은 되어야 하지 않겠소."

"수만 냥이라……."

그 단어를 중얼거리며 슬쩍 수참을 돌아본 세영이 다시 뇌마에게 물었다.

"조금 더 확실하게 정하면?"

"적어도 삼만 냥은 내주어야……."

"좋아, 거기까지! 기륭, 데려다 가둬 놔."

세영의 명에 기륭이 뇌마를 끌고 뇌옥으로 들어갔다.

우스운 건 기륭이 잡아끄는 대로 뇌마가 순순히 움직였다는 것이었다.

하지만 그걸 바라보는 수참은 그럴 수 없었다.

욕심이 화를 부르다 • 55

"무, 문주님!"

당황한 수참이 다가서려는 것을 이번에도 세영이 막아섰다. 이미 뇌옥 안으로 발을 들여놓고 있는 뇌마를 본 수참은 말로 그를 비켜서게 할 여유가 없었다.

쉐에엑-

가벼운 금나수가 튀어나왔다. 그리고…….

"어어어!"

세상이 돌고 시커먼 것이 다가왔다.

쾅-

"그르르륵."

수참의 금나수가 세영의 손에 막히는 순간, 어찌 손을 쓴 것인지 이미 수참의 신형은 회전을 하고 있었다.

물론 회전의 끝은 강렬한 지면과의 충돌로 끝이 났다.

너무나 순식간에 벌어진 일에 나 포두와 유 포교는 뭐가 어떻게 된 것인지 제대로 보지도 못했다.

바닥에 널브러진 수참을 내려다보던 세영이 뇌마를 가두고 나오던 기륭에게 명했다.

"이놈도 가둬 놔."

"죄, 죄목은 무엇으로……?"

주눅 든 기륭의 물음에 세영이 자신이 들고 있는 봉투를 흔들며 답했다.

"뇌물 공여. 그리고……."

천천히 돌리는 시선이 나 포두가 들고 있던 자루에 머물자 나 포두가 황급히 자루를 내밀었다.

"추, 추가 뇌, 뇌물일세. 내가 시, 신고하려고 가져왔네."

그걸 본 세영이 기륭에게 고갯짓을 했다.

"받아서 증거 보관실에 넣어 놔."

세영의 명에 자루를 받아 들던 기륭이 휘청거렸다.

쿵-

나 포두가 아무렇지도 않게 들고 있기에 아무 생각 없이 받았다가 무게에 휘청거린 것이다.

"저, 저……!"

자신의 귀중품이라도 떨어트린 양 움찔거리던 나 포두와 유 포교는 세영의 시선을 의식하곤 서둘러 딴청을 피웠다.

그런 두 사람에게서 시선을 돌린 세영이 기륭에게 명했다.

"이것도 가져다 놔. 나중에 한 푼이라도 틀렸다간… 뒈질 줄 알고."

"조, 존명!"

세영이 건네는 봉투를 받아 든 기륭이 큰 목소리로 복명했다.

※ ※ ※

천강문주는 기막힌 소식에 웃지도 못했다.
"산서장비가… 단신으로 동정채의 수적 서른을 때려잡았다는 그 산서장비가 투옥되었다고?"
"예."
좌호법인 고군겸의 답에 천강문주가 믿기지 않는다는 표정으로 물었다.
"이유가 뭔가? 설마 힘으로 해결하려 했던 게야?"
"그건 아닌 것 같습니다."
"그럼?"
"죄목이… 뇌물 공여입니다."
고군겸의 답에 천강문주가 어이없는 표정으로 물었다.
"어디서 들어 본 듯한 죄목이로구먼."
"비각주에게 적용된 죄목입니다."
"알아, 안다고. 몰라서 한 말이 아니질 않나!"
청강문주의 편잔에 고군겸이 고개를 조아렸다.
"소, 송구합니다, 문주."
당황하는 그에게 청강문주가 물었다.
"얼마를 들고 갔다가 당한 건가?"
"그게… 오천 냥이랍니다."
"어허, 그 거금을 거부해?"
"그게… 아무래도 더 부를 심산인 모양입니다."
고군겸의 말에 천강문주가 의아한 음성으로 물었다.

"그건 또 무슨 소리야?"

"목격자들의 말에 의하면 그자가 뇌마에게 직접 몸값을 물었답니다."

"뇌마에게 직접?"

"예."

"해서 뇌마는 뭐라 답을 했고?"

"삼… 만 냥은 될 거라고……."

"픗- 삼만 냥이라……. 하긴 막말로 뇌마를 거둘 수만 있다면 그 정도의 돈도 아깝지 않지."

"문제는 그 말을 들은 그자가 곧바로 뇌마를 뇌옥으로 돌려보냈다는 것입니다."

비로소 고군겸의 말뜻을 알아들은 천강문주가 물었다.

"그러니까 그 작자가 삼만 냥을 원한다?"

"원래는 그보다 적었을지도 모르지만, 뇌마의 입에서 그 금액이 나온 연후이니 그 아래에선 협상이 되지 않을 것입니다."

말을 듣고 보니 그랬다. 골똘히 생각하던 천강문주가 생각난 듯이 물었다.

"가만! 그럼 우리 측 사람들도 돈을 주고 빼내야 한다는 거야?"

"아무래도… 그렇지 않겠습니까?"

돈으로 해결하자면 얼마나 들지 쉽게 감이 잡히지 않았

다. 애초에 건네려던 금액이 금자 2천 냥이었으니까…….

"빌어먹을, 도대체 얼마나 내줘야 하는 거야?"

천강문주의 투덜거림에 고군겸이 조심스럽게 말했다.

"뇌마의 몸값이 삼만 냥이라 치면… 우리 측 사람들을 모두 빼내는 데 적어도 이… 만 냥은 들지 않겠습니까?"

"이만 냥? 그들의 능력이 그 정도씩이나 된다고 보는 거야?"

"그게… 잔살도마만 따져도 만 오천 냥은 충분히…….."

그제야 천강문주의 얼굴에 수긍의 표정이 떠올랐다.

"할 수 없지. 준비해 봐."

"알겠습니다."

고개를 조아리는 고군겸에게 천강문주가 뒤늦게 생각났다는 듯이 말했다.

"아 참! 살막 말이야."

"예, 문주님."

"실패한 일에 돈을 치르는 일은 없는 법일세."

"반환을 요구하겠습니다."

"그렇게 해. 가뜩이나 쓸데없이 이만 냥씩이나 퍼 주게 생겼는데, 불필요한 지출은 줄여야지."

"예, 문주님."

고개를 조아린 고군겸이 나가자 천강문주의 입에서 욕설이 튀어나왔다.

"개가 물어 갈 놈!"

❀　❀　❀

컹컹컹-

우리 안에서 사납게 짖어 대는 늑대를 바라보며 이축이 물었다.

"한데… 저건 왜 가져다 놓으신 겁니까?"

그에 세영이 늑대를 바라보았다.

"고문 도구야."

"고문… 도구요?"

"그래."

세영의 답에 고개를 갸웃거리던 이축이 다시 물었다.

"저기… 사흘을 굶긴 늑대로 무슨 고문을 하신다고……?"

의문은 이축에게만 있었던 건 아닌 모양이다.

혼자 밥을 먹고 있던 세영을 천장에 매달린 채 바라보던 두 자객의 눈에도 궁금증이 들어선 것을 보면.

"별거 아니야. 한 이틀 더 굶기면 저놈이 아주 미치려고 들 거거든."

"그야… 지금도 정상으로 보이진 않습니다만……."

"물론 지금도 괜찮지만, 오 일을 굶으면 정말 대단하거든. 우리까지 씹어 먹으려고 든다니까."

"아! 예… 한데, 그래서 어떻게 하신다는 건지……?"

이축의 물음에 세영이 밥을 퍼 넣으며 답했다.

"우걱, 간단하지. 우걱우걱… 놈의 우리에 죄인의 다리를 집어넣는 거야. 우걱우걱."

이미 그 말만으로도 눈이 화등잔만 해진 이축에게 세영은 아무렇지도 않게 밥을 씹으며 말을 이었다.

"그럼 어떻게 되겠어? 저놈이 와락 달려들어 생짜로 다리를 뜯겠지? 그 고통이 좀 될 거야. 적어도 감추고 싶은 비밀을 밝히려는 마음이 들 정도로는 말이지."

"그, 그러면 다리에 뼈만 남아서……."

경악 어린 이축의 말은 완성되지 못했다. 세영의 이어진 설명 때문이었다.

"뼈? 뼈 안 남아. 내가 그랬잖아, 오 일을 굶기면 우리도 씹어 먹으려고 든다고. 뼈도 다 씹어 먹을걸."

어느새 밥을 다 먹었는지 손톱으로 이를 쑤시는 세영의 머리 위에 매달려 있던 자객들의 눈은 이미 완전히 공포에 잠식되어 있었다.

❁ ❁ ❁

살막주는 저만치 입구에 서 있는 총관을 노려보았다.

"이 개뼉다귀 같은 일을 보고라고 들고 온 거야!"

살막주의 고함에 언제라도 문을 열 수 있도록 문고리를 잡은 총관이 조심스럽게 답했다.

"그게… 실패했으면 돌려주는 게 원칙이기도 하고……."

와장창-

날아온 물 잔을 가볍게 피한 총관에게 살막주가 소리를 질렀다.

"완료하겠다고 며칠만 말미를 달라고 청했어야지!"

"더 이상 필요 없다는데 무슨 말을 해요?"

이번엔 벼루를 집어 들었던 살막주가 고개를 갸웃거렸다.

"더 이상 필요가 없다고? 왜?"

"돈으로 해결한다던데요."

"돈으로… 얼마나?"

"천강문은 이만 냥, 뇌령문은 삼만 냥 정도 생각한다던데요."

"그거… 은자지?"

"금자라던데요."

총관의 답에 살막주의 입에서 신음이 흘러나왔다.

"흐음……."

막주의 화가 누그러졌다고 판단한 총관이 조심스럽게 물었다.

"돈… 내주면 되죠?"

총관의 물음에 살막주가 고개를 저었다.

"내 사전에 들어온 돈 내주는 법은 없다."

"하지만……."

"사람을 보내."

"설마… 돈 돌려주기 싫다고 의뢰인을 죽이려고요?"

쾅-

기어코 벼루가 날았다.

벽에 부딪쳐 산산조각이 난 벼루를 바라보며 총관이 진짜 던질지 몰랐다는 듯이 소리를 질렀다.

"매형!"

"아! 미안, 손이 미끄러워서."

"믿을 거 같아요? 내 누나한테 다 일러서……."

"아아, 그건 나중에 이르고. 일단 천강문에 사람을 보내서 우리가 처리한다고 알려. 대신 성공하면 그 돈 우리한테 달라고 하고."

"그 돈이면……?"

"천강문 이만 냥, 뇌령문 삼만 냥. 도합 오만 냥 말이다."

살막주의 말에 총관의 목으로 침이 넘어갔다.

꿀꺽-

"그렇게만 된다면야……. 한데, 무슨 수가 있긴 한 거고요?"

"일 호부터 십 호까지 모두 다 불러."

살막주의 말에 총관의 눈이 커졌다.

"서, 설마 전부 다요?"

"그래."

"누, 누나가 일 호인 건 아는 거죠?"

"내가 바보로 보이냐?"

살막주의 물음에 총관이 고개를 맹렬히 저었다.

한때 한림원 학사였던 사람이 바보일 리 없다. 더구나 송이 무너지고 몽고가 득세하는 혼란 속에서 살막을 지켜 낸 것은 바로 막주의 비상한 머리였다.

그런 걸 보면 매형을 5년씩이나 쫓아다녀서 결국 먹어 치운 누나의 선경지명은 대단했다.

뭐, 결국 전대 막주의 아들인 자신은 총관으로 떨어졌지만 그것에 대한 불만은 없었다.

살막의 전통에 따라 실력에서 누나에게 밀려 버려 죽음을 받아들여야 했던 자신의 목숨을 구해 준 이가 바로 매형이었으니까.

'가족은 해치는 게 아니라 돌보는 거야.'

그때 들었던 매형의 말뜻을 아직도 완벽하게 이해하진 못하고 있었지만, 그 말을 떠올릴 때마다 가슴이 따듯해지는 것이 좋았다.

"그, 그건 아니지만… 매형은 누나가 일하는 거 싫어했잖아요?"

"돈이 오만 냥이야. 그 돈이면… 적어도 몇 년은 누구 안 죽이고 조용히 살 수 있을 거라고."

살막주의 의중을 알아차린 총관이 고개를 끄덕였다.

"알았어요. 모두 소집할게요."

"천강문에 사람도 보내고."

"네."

총관이 나가자 홀로 남은 살막주의 얼굴에서 작은 희망이 보이고 있었다.

❀　　❀　　❀

모란각의 3층에 사람들이 모여들었다.

문이 아니라 창문을 통해 들어선 이들은 저마다 편한 자세를 취한 채 늘어져 있었다.

그러던 이들이 한 여인의 등장과 함께 몸가짐을 바르게 했다.

"일 호를 뵙습니다."

작은 음성이 방에 모여든 8명의 입에서 동시에 흘러나왔다. 1호라 칭해진 여인은 고개를 숙이고 있는 이들 중 유일한 여인에게 시선을 주었다.

"기 낭자."

"예, 손 언니."

"벽안마소를 무사히 벗어날 수 있는 사내는 없다고 알고 있었는데… 아니었니?"

"죄송… 해요."

"그 말은 벽안마소를 시전하지 않았다는 뜻이니?"

"실패했을지는 몰라도 명을 어기진 않았어요."

그 말에 1호이자 손 언니라 불린 여인이 놀란 표정을 감추지 못했다.

"설마… 그가 벽안마소를 받아넘겼단 말이니?"

대번에 주위에 앉아 있던 이들도 술렁거렸다. 그런 일은 일어날 수 없는 일이었기 때문이다.

"그가 다른 종류의 미안공(迷眼功)을 익히고 있다면… 효과가 더디게 나타날 수는 있어요."

물론 그것도 아주 드문 경우다. 미안공의 최고 반열인 벽안마소와 쌍벽을 이룰 정도의 미안공을 상대가 익히고 있어야 하기 때문이다.

"뭐가 어찌 되었든, 그가 벽안마소에서 자유로웠다면 이번 일에서 기 낭자는 빠진다."

"손 언니!"

놀라는 기 낭자에게 1호가 말했다.

"벽안마소를 빼고 나면 네 실력은 이십 위권이야. 그것으론 안 돼."

단호한 음성의 1호가 나머지 사람들을 훑어보며 말을 이었다.

"이번 일을 가벼이 여기지 마라. 일제히 목표를 향해 움직이고 멍청한 구 호를 빼내서 도주한다."

"존명!"

자객들의 복명을 받은 1호의 모습이 허공에서 사라졌다.

그녀가 서 있던 공간에서 시선을 거둔 기 낭자의 주변에도 아무도 남지 않았다. 어찌 사라졌는지 흔적조차 남겨 놓지 않았다.

세영은 잠자리에 들기 위해 취조실에서 나와 숙소로 움직이는 중이었다.

처음의 공격은 땅속에서 시작되었다.

푸슉-

뭔가 이상하다는 느낌이 들자마자 떼어 낸 발을 따라 시커먼 것이 날카로운 칼과 함께 솟구쳐 올랐다.

세영은 반 촌 정도 옆으로 이동시킨 발을 그대로 내리 디뎠다.

"컥-"

밭은 신음과 함께 튀어 오르던 자객의 목이 밟혔다.

순간 그 앞의 흙이 터져 나가며 또 다른 칼이 날아들었다. 자객의 목을 밟고 있던 발을 가볍게 들어 찼다.

"윽!"

뛰어오르던 자객이 그보다 빠른 속도로 튕겨 나갔다.

이번엔 뒤!

세 군데의 흙이 튀어 오르며 자객들이 솟구쳤다.

앞으로 내찬 다리로 땅을 딛고 무게중심을 옮겼다.

가볍게 한 걸음.

하지만 이동하는 거리는 삼 장에 달한다. 순식간에 후방에서 튀어 오른 자객들의 공격권에서 벗어났다.

빙글.

몸을 돌려 자객들을 확인했다.

방어 다음엔 당연히 공격이다. 앞으로 내민 발이 비틀리고 강한 바람이 바닥을 찼다.

팡-

섬보다. 세상에서 제일 빠른 신법이라고 사부가 침을 튀겨 가며 자랑하던.

"컥-"

"윽!"

"크헉!"

완전히 거짓말은 아닌 모양이다.

자객들이 반응을 보이기도 전에 쇄도한 세영의 몸이 벼락처럼 움직였다.

어깨에 부딪히고, 팔꿈치에 걸리고, 주먹에 얻어맞은 세 자객이 나뒹굴었다.

단순히 팔 한 번 뒤로 당겼다 뻗어 내는 동작에 셋이 당했다.

그 순간을 기다렸다는 듯이 땅을 뚫고 2명의 자객이 튀어 올랐다.

완벽하게 세영을 가운데 두고 좌우에서 펼쳐진 공격이었다.

'멍청한 짓이지.'

생각이 끝나기 무섭게 세영의 양팔이 짧게 이동했다.

"크헉!"

"억!"

팔이 움직인다고 느낀 순간, 거센 경력이 휘몰아쳤다.

버티고 말고 할 것도 없이 경력에 통타당한 자객들이 나가떨어졌다.

허공에서 칼이 나타난 건 바로 그때였다.

턱-

칼이… 손에 잡혔다.

놀라서 눈을 크게 뜨는 이번 자객은 복면조차 쓰지 않았다.

"내가 여자라고 봐줄 거라 생각했나 본데… 잘못 짚었어."

쾅-

별이 번쩍인다고 느낀 순간 1호의 기억이 끊겼다.

제17장
거래를 트다

한창 보고서를 쓰던 세영에게 손님이 찾아왔다.
"누구?"
"전 한림원 학사랍니다."
한림원이면 한 나라의 학식이 모여드는 곳이다. 그곳의 학사였다면 대단한 천재란 소리였다.
하지만 그건 그거고…….
"그가 왜?"
"예? 아, 아니 좀 뵙자고…….'
말을 얼버무리는 포쾌를 바라보는 세영의 눈매가 가늘어졌다.
"얼마 받았어?"

"무, 무슨 말씀을?"

"쓰읍!"

마치 한 대 칠 듯이 손을 들어 보이는 세영의 모습에 포쾌가 황급히 금 두 덩이를 내밀었다.

"주, 죽을죄를 지었습니다. 금자에 그만 눈이 멀어서……."

"네 죄를 네가 알……."

말은 다 이어지지도 못했다.

털썩 꿇어앉은 포쾌가 눈물 콧물을 쏟아 가며 사정을 한 까닭이다.

"병든 노모와 여우 같은 마누라, 토끼 같은 자식들을 먹여 살리자니 포쾌의 봉록으론 턱없이 모자라서……. 제발 한 번만 눈감아 주십시오."

'세상은 적당히 때를 타고 살아가는 게다. 물이 너무 맑고 깨끗하면 물고기도 살지 않는다. 타인에게 피해를 주지 않고, 과하지만 않다면 그리 사는 것이 세상의 이치란다.'

곧이곧대로만 일을 처리하려던 자신에게 시간만 나면 들먹이던 아버지의 말이었다.

지금도 그 말이 맞다는 생각은 들지 않지만 뿌리치기도 쉽지 않았다.

"이번만이다."

세영의 말에 포쾌가 죽다 살아난 것처럼 호들갑을 떨었다. 그렇게 나가려는 그를 세영이 불러 세웠다.

"야!"

"예? 예, 포교님."

잔뜩 긴장하는 포쾌에게 서탁에 놓인 금자 2냥을 가리켰다.

"가져가야지."

"저, 정말로 그래도 됩니까요?"

믿기지 않는 표정의 포쾌에게 세영이 말했다.

"병든 노모가 있다면서."

"예? 아! 예, 포교님."

"약값에 보태 써."

"가, 감사합니다요."

황급히 고개를 조아린 포쾌는 금자 한 냥을 챙기고 한 냥은 조심스럽게 세영 쪽으로 밀어 놓았다.

그 모습에 버럭 화를 내려던 세영이 멈칫거렸다.

'적당히 함께 타락한 듯 보여 주는 것이 상대에게 불안감을 심어 주지 않는 법이다.'

아버지의 음성이 다시 세영을 잡았다.

거래를 트다 • 75

피식-

매번 자신의 행동을 결정지을 때마다 모습을 드러내는 선친의 음성이 어이없어 웃은 것을 포쾌는 달리 해석했던 모양이다.

"그럼 수고하십시오."

넙죽 인사를 하고 나서는 포쾌의 얼굴에 안도의 미소가 어렸다.

그렇게 포쾌가 나가고 잠시 후, 점잖은 얼굴의 사내가 들어왔다.

"바쁘실 텐데, 이리 시간을 내주셔서 감사합니다."

정중한 사내의 포권에 세영이 꼬인 음성으로 답했다.

"뭐, 돈의 힘이지. 앉으쇼."

세영의 답에 어색하게 웃은 사내가 맞은편 의자에 앉자 세영이 물었다.

"그래, 무슨 일로 보자고 하셨소?"

"그것이… 내자의 면회를 청하러 들렀습니다."

"면회? 내자가 뇌옥에 있소?"

"예, 어찌하다 보니……."

"쯔쯔, 걱정이 크겠소. 한데, 면회면 선임 포두에게 갈 것이지, 왜 내게……?"

"포청의 수문 포쾌가 취조실은 포교님 담당이라고… 그래서 이렇게 찾아뵀습니다."

"취조실? 지금 댁의 내자가 취조실에 있단 말이오?"

"부끄럽습니다."

사내의 답에 세영은 놀란 표정을 감추지 못했다.

취조실에 있는 여자는 한 명뿐이다. 자신을 공격했던 자객, 아니 취조실에 있는 죄인들 모두가 다 자신을 암습했다 잡혀 들어온 자객들뿐이다.

단박에 세영의 눈매가 가늘어졌다.

"너도 자객이야?"

세영의 의심에 사내, 살막주가 쓰게 웃었다.

"그저 간단한 호신술 몇 개는 배웠으나 자객으로 나설 만한 재주는 가지지 못하였습니다."

"그걸 재주라 표현하니 좀 웃긴다."

세영의 핀잔에 살막주가 다시 웃었다. 그런 그에게 세영이 물었다.

"아무리 먹고살기 힘들어도 마누라까지 자객으로 내보내는 건 아니다."

"뼈저리게 후회하고 있습니다."

사내의 음성에서 진심이 느껴졌다. 그래서였을 것이다. 되도 않는 요청을 받아 준 것은.

"따라와."

앞장서 방을 나서는 세영은 무방비 상태로 뒤를 노출했다. 하지만 살막주는 아무런 행동도 취하지 않았다. 무언가 행동을 취할 재주도 없었지만, 살막 최고의 살수 8명이 마음먹고 달려들고서도 상처 하나 못 입힌 위인이었다. 그런 자를 상대로 모험을 할 생각도 없었다.

천장에 매달린 여인은 세영과 함께 들어서는 살막주를 보고 상당히 놀란 표정이었다.
그런 여인을 보고 살막주는 눈물을 보였다.
"에이 씨……."
구시렁거린 세영이 이축에게 눈짓을 했지만 무슨 뜻인지 알아듣지 못한 그는 멀뚱히 바라만 보았다.
그러자 세영이 버럭 소리를 질렀다.
"좀 내리라고!"
"예? 아! 예."
뒤늦게 상황을 이해한 이축이 천장에 매달린 여인을 내렸다.
그런 그녀를 받아 안은 살막주는 재갈을 풀고 시퍼렇게 멍이 든 그녀의 얼굴을 쓰다듬었다.
"많이… 상했구려."
"사람을 죽이러 나선 길이에요. 이 정도면… 건강한 거죠."
아내의 말에 살막주는 아픈 표정을 지었다.
"다 내 잘못이오."
"아니에요. 제가 당신을 이 길로 이끈 죄지요."

오히려 자신을 위로하는 아내에게 살막주가 물었다.
"처남은……?"
"저기……."
아내의 눈을 좇으니 우리에 매달려 발버둥을 치는 늑대 앞에 매달린 사내가 보였다.
"무슨……!"
놀라는 살막주에게 세영이 어깨를 으쓱여 보였다.
"제일 잘 불 것같이 생겨서."
일각에 걸친 면회는 끝이 났다.
다시 재갈이 물린 채 천장으로 달아매지는 아내를 두고 물러나는 살막주는 발길이 잘 떨어지지 않는지 연신 뒤를 돌아보았다.
그렇게 취조실을 나선 사내가 집무실로 돌아가는 세영을 따라왔다.
"면회 끝났으면 돌아가지 왜 따라와?"
"이야기 좀 나눕시다."
"할 이야기 없어."
"난 있습니다."
"그럼 집에 가서 혼자 떠들든가."
냉정하게 돌아서는 세영의 소매를 살막주가 잡았다.
"제발 잠시만 시간을 내주시오. 일각, 아니 반 각이면 되오."

사내의 눈가에 어린 절박함을 세영은 뿌리칠 수 없었다.
"에이, 따라와."

 세영의 집무실에서 다시 마주한 살막주는 예상외의 제의를 건넸다.
"오 년, 오 년 동안 명을 받겠소, 아니 받겠습니다. 죽이라 명하는 자가 있다면 그것이 설사 황제일지라도 반드시 죽여 보이겠습니다."
 사내의 말에 세영은 무슨 이런 미친놈이 다 있나 싶은 표정이었다.
"내가 누구 못 죽여서 환장한 놈처럼 보여?"
"그, 그건 아니지만……."
"아니면, 내가 영 시원치 않은 놈이라 누굴 죽여야 하는데 남의 손을 빌려야 할 것처럼 생겼나?"
"그, 그것도 아닙니다만……."
"그럼 내게 왜 그런 말을 하는 건데?"
 세영의 물음에 살막주는 아무 말도 할 수 없었다. 그런 그에게 세영이 손을 내저었다.
"쓸데없는 소리나 늘어놓을 생각이면 가라. 괜히 너까지 잡아넣어야 되겠다는 생각이 들기 전에."
 그 말에 생각났다는 듯 살막주가 물었다.
"그리 말씀하시니 묻겠습니다만은… 왜 날 가두지 않습

니까?"

"너… 혹시 뭐, 죄지었냐?"

"자객을 아내로 두었습니다. 설마 정말로 먹고살려고 아내를 자객으로 내보낸 것으로 보십니까?"

"아니라고 변명이라도 하고 싶은 거냐?"

"그게 아니라, 정말 내가 단지 자객의 남편일 뿐이라고 생각하느냐고 묻는 것입니다."

"넌 내가 멍청해 보이냐?"

"그건 아닙니다만."

"그런 놈이 왜 그렇게 물어?"

세영의 말에 살막주가 조심스럽게 물었다.

"한데, 왜 그냥 두십니까?"

살막주의 물음에 세영이 어깨를 으쓱여 보였다.

"네가 죄짓는 걸 내가 못 봤으니까."

"설마 목격한 죄만 묻는단 말입니까?"

"웃기지? 나도 웃기더라고. 하지만 어째, 그게 좌포청의 규칙이라는데."

세영의 말에 살막주는 어이없는 표정이었다. 그런 그에게 세영이 말했다.

"그러니 널 잡아 가두라는 둥 엉뚱한 소리 그만하고 가라."

"다른 거, 다른 걸 원한다면 지불할 용의도 있습니다."

거래를 트다 • 81

"다른 거, 뭐?"

"설령 돈을 원한다면……?"

살막주의 말에 세영의 눈가가 당장 찌푸려졌다.

"이것들이 돈이면 다 되는 줄 아나……. 그래, 한번 가져와 봐. 내가 네 소원대로 함께 처박아 줄 테니까."

세영의 반응에서 살막주는 그가 돈으로 움직여지는 사람이 아니라는 것을 직감했다. 그 말은 천강문이나 뇌령문이 잘못 짚었다는 뜻이었다.

하지만 지금은 그들의 문제를 걱정할 때가 아니다.

"그럼 뭘 원하십니까? 말씀만 해 보십시오. 다 구해 올 수 있습니다."

살막주의 말에 세영이 반응을 보였다.

"정말 다 구해 올 수 있어?"

"할 수 있습니다."

"흠… 우선 묻자. 너희들… 이곳에서 가깝냐?"

자객문에 위치를 묻는 것만큼 위험한 일은 없다. 위치가 드러난 자객 문파는 끝장난 것이나 다름없었으니까.

하지만 살막주에게는 선택의 여지가 없었다.

"머, 멀지 않습니다."

"얼마나 멀지 않은데?"

"개봉에서 백 리 안쪽입니다."

백 리, 말을 타고 달리면 한두 시진이면 도달할 거리였다.

생각보다 가까운 거리가 마음에 들었던지 세영이 씨익 웃었다.

"어쩐지, 빠르게 움직인다 싶었어. 그나저나 사람을 죽이자면 정보는 생명이라던데… 맞나?"

"그야……. 한데, 왜 그러십니까?"

"정보, 그거 잘 모으나?"

비로소 살막주는 눈앞의 이 특이한 포교가 무엇을 원하는지 직감할 수 있었다.

하지만 그렇다고 무조건 그렇다고 답할 순 없었다. 나중에 거짓임이 드러나면 결코 무사하지 못할 것이란 예감이 강했기 때문이다.

경험상 이럴 땐 솔직한 것이 나았다.

"정보 문파가 아니니 전반적인 정보는 한계가 있을 겁니다. 하지만 목표가 정해지면 그 목표의 정보는 몸에 난 털의 개수까지 정확히 파악할 수 있습니다."

"내가 원하는 것도 바로 그거야."

고려에선 아버지가 수사를 가르쳤다. 하지만 중원에선 그렇게 가르쳐 줄 사람이 없다.

그렇다고 좌포청의 분위기로 보았을 때 자신에게 수사 기법을 가르쳐 줄 선배가 있을 것 같지도 않았다.

막말로 수사, 까짓것 그냥 포기하고 되는 대로 살아도 누가 뭐라 그럴 사람은 없을 듯했다.

하지만 그렇게 살라고 배우진 않았다. 사부에게서도, 그리고 선친에게서도.

하니 수사 기법을 모르는 상태에서 제대로 포교를 하려면 자신이 가장 부족한 정보, 특히 눈앞의 이 수상한 작자가 말하는 것처럼 세세한 정보가 필수였다.

"그런 것이라면 얼마든지 제공할 수 있습니다."

희망을 발견한 살막주의 말에 세영이 고개를 끄덕였다.

"좋아, 그렇게 해 준다면 네 마누라, 그리고 겁쟁이 처남은 풀어 주지."

세영의 말에 기쁘게 웃던 살막주의 표정이 차츰 굳어져 갔다.

"그 둘만 말입니까?"

"뭐야? 겨우 그거 가지고 다 데려갈 생각이었던 거야? 욕심이 너무 지나치잖아."

세영의 편잔에 살막주는 어이가 없었다.

달랑 두 사람 풀어 주면서 5년간 개처럼 부려 먹겠다는 사람이 할 말은 아니었기 때문이었다.

"그, 그래도 두 사람만 데려가는 건……. 기왕 쓰는 선심 조금 더 쓰시지요."

"선심? 누가 선심이래. 이건 거래야, 거래! 세상에 손해 보고 하는 거래 봤어?"

어림없다는 듯이 말하는 세영을 바라보며 살막주는 할 수 없이 손을 들어야 했다.
"그럼 다른 조건을 거십시오. 그에 따르겠습니다."
"흠… 정히 그렇게 원한다면… 나랑 계약되어 있는 동안 살행은 안 돼."
"하, 하지만 그리되면 저흰 뭘 먹고삽니까?"
"산나물 캐고, 고기 잡고. 필요하면 농사도 짓고."
"그렇게 해서 그 많은 애들을 어찌 먹여 살리란 말입니까?"
말도 안 된다는 표정의 살막주에게 세영이 물었다.
"식구가 많아?"
"당연하지요. 당장 현역으로 뛰는 애들만 쉰이 넘습니다. 수련 중인 애들까지 합하면 사백이 넘습지요."
"수련생이 뭐 그리 많아?"
"그렇게 많아도 실제로 현역이 되는 아이들은 일 할에도 못 미칩니다."
"흠… 그래도 사백 정도면 불가능하지도 않잖아."
"그들뿐이면 그렇지요. 하지만 가족은 어쩝니까?"
"가족?"
"부모, 형제, 일가친척 없이 태어난 놈 보셨습니까?"
살막주의 항변에 세영이 뒷머리를 긁적이며 물었다.
"자객들은 고아 데려다가 만드는 거 아니었어? 책들 보면 대부분 그렇게 하던데."

"물론 그런 곳도 있지요. 아니, 우리도 어느 정도는 그렇게 채우기도 하고요. 하지만 전부 그렇게 채우면 원래 소속되어 있던 자객들의 가족은 어쩝니까?"
"은퇴… 하는 거 아니야?"
"은퇴야 당연히 하겠지만, 그렇다고 은퇴와 함께 가족이랑 전부 목매다는 건 아니지 않겠습니까?"
"나가 사는 거 아니야?"
"지은 죄가 얼만데 나가 삽니까? 며칠 지나지 않아서 모조리 황천길 갈 겁니다."
"정체를 감추고 숨어서 살면……."
"세상의 정보 문파들이 그렇게 무능하다면 우리도 편하겠지요."
"흠……."
자신이 알던 것과 좀 많이 다른 현실에 당황했지만 듣고 보니 틀린 말도 아니었다.
"그래, 그래서 도대체 수가 얼마나 되는데?"
"족히 이천은 될 겁니다."
살막주의 말에 세영의 눈이 커졌다.
"뭐가 그렇게 많아?"
"자그마치 오백 년입니다. 오백 년간 지속된 곳의 가족이 그 정도도 안 된다는 게 더 말이 안 되는 거 아니겠습니까?"
무슨 놈의 자객 집단의 역사가 오백 년씩이나 되냐는 물음이 목구멍까지 올라왔다.

 하지만 협상 중에 그런 놀람은 약세로 비쳐질 수 있다고 생각한 세영은 침과 함께 목 안으로 삼켜 버렸다.

 꿀꺽.

 "좋아, 그건 내가 방법을 한번 알아보지. 그러니까 자객질은 금지."

 "우리가 다 같이 먹고사는 방법을 찾아 주신다면야……."

 살막주의 입가에 어린 미소를 보며 세영은 자신이 당한 것 같은 찜찜함을 느꼈다. 그래서였다. 한 가지를 짚은 것은.

 "너… 나중에 숫자 세서 부풀린 게 확인되면 뒈질 줄 알아."

 "여부가 있겠습니까."

 상대의 확답에도 불구하고 찜찜함은 좀처럼 사라지지 않았다.

제18장
비리 포교가 되다

　나 포두는 세영이 내미는 서류를 받아 들고 의아한 표정을 지었다.

"취조실에 있는 죄수들을 모두 방면한다고?"

"예."

"아니, 왜?"

"제가 오해했더라고요."

"오해? 무슨 오해?"

"자객이 아니라 운동 나온 사람들이었습니다."

"운동? 무슨 운동을 포청 앞마당에서 하나? 그것도 땅속에서?"

　비오는 날 있었던 첫 암습을 제외하면 세영에 대한 암습은 목격자가 적지 않았다.

두 번째 암습은 사람이 바글거리는 유흥가 한복판에서 벌어진 탓에, 또 포청에서 이루어진 세 번째 암습은 순찰을 돌던 포쾌들의 눈을 벗어날 수 없었던 것이다.

"신종 운동이랍니다. 그리고 포청 앞에서 튀어나온 건, 땅속이라 잘 몰랐답니다."

"그걸 믿으라는 말인가?"

나 포두의 물음에 세영은 묵직한 자루를 서탁에 올려놨다.

쿵-

"뭐, 뭔가?"

몰라서 묻는 말은 아니다. 뇌령문의 수참이 자신에게 주었던 금덩이가 든 자루였으며 요새도 꿈속에서 자주 보는 것이었으니까.

"주웠습니다. 한데, 아무래도 나 포두님 것 같아서요."

세영의 말에 나 포두의 눈매가 가늘어졌다.

"함정… 수사인가?"

"함정……. 저 그런 거 안 좋아합니다."

"그럼?"

"그냥 주인을 찾아 돌려주는 거랄까? 뭐, 그런 거죠."

세영과 금덩이가 든 자루를 번갈아 바라보던 나 포두는 슬그머니 자루에 손을 뻗었다.

외면하기엔 너무나 강렬한 유혹이었기 때문이다.

턱—

자루를 잡은 나 포두의 손을 세영이 잡았다.

"왜, 왜?"

기겁하는 나 포두에게 세영이 말했다.

"대신… 취조실에 있던 이들은 언급하지 않는 겁니다."

세영의 요구에 나 포두가 답했다.

"누구? 취조실에 누가 있었나?"

그 천연덕스러움에 세영이 씨익 웃어 보였다.

취조실은 텅텅 비워졌다. 너무 굶어서 축 늘어진 늑대 한 마리를 제외하면…….

"이건 어쩝니까?"

이축의 물음에 세영이 우리에 든 늑대를 일별하곤 답했다.

"뭘 어째, 밥 줘야지."

"그럼 안 굶깁니까?"

"겁줄 죄수도 없는데 굶겨서 뭐하게."

"겁……. 그럼 겁만 주려던 겁니까?"

놀라는 이축에게 세영이 당연하지 않느냐는 표정으로 말했다.

"그럼 설마 정말로 죄수 다리를 저놈한테 먹이려고 했

던 거야? 이 친구 아주 흉악한 사람일세. 예끼, 이 사람! 그럼 못써."

야단만 치고 나가 버린 세영의 뒤에서 이축은 억울한 표정으로 서 있을 뿐이었다.

※ ※ ※

천강문은 조용했다. 요인들의 3분지 2가 잡혀 들어간 탓에 사기가 떨어진 점도 있었지만, 더 큰 이유는 심기 불편한 문주의 눈에 뜨이지 않기 위해서였다.

"뭐가 어떻게 돼? 자객들이 풀려나?"

"예, 문주."

고군겸의 답에 천강문주가 의아한 음성으로 물었다.

"어떻게?"

"방법은… 알지 못합니다. 다만……."

"다만?"

"나 포두를 비롯한 몇몇 좌포청 관리들의 씀씀이가 커졌다는 것이 확인되었습니다."

"그럼 뇌물?"

"그럴 것으로 판단됩니다."

"얼마나?"

"예?"

"얼마나 썼을 것 같냐는 말이다."

"씀씀이가 커진 좌포청 관리들이 어제오늘 쓴 돈을 합하면… 최소 금자 사백 냥가량입니다."

"겨우?"

어지간한 사람이 들었다면 거품을 물었을 금액인 금자 4백 냥에 겨우란 말이 나왔다.

하지만 고군겸은 그 표현을 과하다 말하지 못했다.

자신들이 준비하고 있는 금액은 자그마치 2만 냥이었으니까.

"몸통이 아니라 깃털이 사용한 금액이 사백 냥입니다. 그것도 단지 이틀 사이에요. 하니 돈은 더 풀렸을 겁니다."

고군겸의 말에 천강문주가 중얼거렸다.

"깃털이 이틀에 사백 냥이면… 열 배를 잡아서 사천 냥! 그럼 몸통이 또 그 열 배라 치면 사만 냥! 이런, 빌어먹을!"

천강문주의 계산법이 옳다고는 볼 수 없겠지만 잘못되었다고 평할 수도 없었다.

5천 냥짜리 전표를 가져갔던 뇌령문의 수참이 뇌옥에 있는 것이 그 증거였기 때문이다.

"그래도 뇌령문과 우리가 준비하고 있는 금액을 합하면 오만 냥입니다. 충분히 빼 올 수 있을 겁니다."

"그래야지."

답을 한 천강문주가 헛웃음을 지었다.

마도 백대문파의 하나인 천강문이 일개 포교에게 먹일 뇌물을 2만 냥이나 준비하면서 그것이 먹혀야 한다고 걱정하고 있었다.

한 달 전만 해도 다른 문파가 만약 이런 상황에 처했다는 소식을 들었다면 문 닫고 목매 죽으라고 비아냥댔을 것이었다.

우울해하는 문주가 안되어 보였던지 고군겸이 위로랍시고 한마디 했다.

"그래도 우린 양반입니다. 산서성의 패자라는 뇌령문은 삼만 냥을 준비하고 있습니다."

눈물이 나올 만큼 고마운 위로였다. 다만 그 눈물이 자신의 것이 아니라는 게 문제였지만.

"이런 빌어먹을, 그것도 위로랍시고 하는 거야!"

홧김에 집어 던진 술잔이 고군겸 뒤에 서 있던 경비 무사의 뒤통수를 갈기고 지나갔다.

깡-

쇳소리가 울리며 주저앉은 경비 무사가 눈물을 찔끔거렸다.

⊛　　⊛　　⊛

세영은 복면을 쓰고, 온통 검은색 야행복으로 휘감은 자와 마주하고 있었다.

톡톡톡.

세영의 손가락이 서탁을 칠 때마다 야행복의 사내는 흠칫거렸다.

"너… 잡혔던 적 있는 놈이지?"

"아, 아닙니다."

고개를 젓는 야행복 사내에게 세영이 물었다.

"복면 벗겨서 맞으면 돼진다."

세영이 말에 야행복 사내가 무너졌다.

"주, 죽여 주십시오."

"내가 자객이냐, 사람을 죽이게."

"죄, 죄송합니다."

"죄송은 나중에 하고, 이름이 뭐야?"

"시, 십칠 호입니다."

"이름이 십칠 호야? 나중에 네 아들한테 '네 아버지 이름이 뭐냐.' 그러면 '십칠 호입니다.' 그런다는 거냐?"

세영의 물음에 야행복 사내가 어색하게 답했다.

"그, 그게… 마, 막야입니다."

"남의 이름 대냐, 뭐가 그리 어색해?"

"이름을 써 본 적이 드물어서……."

"앞으론 이름 써라. 쓰라고 지어 준 이름 두고 십칠 호가 뭐냐, 십칠 호가."

멀쩡한 이름을 두고 번호를 쓰는 것은 다 그만한 이유가 있기 때문이다. 자객이 대놓고 이름을 쓴다는 건 있을 수 없는 법이니까.

하지만 그런 말을 떠들어 댈 상황은 아니었다.

"아, 알겠습니다."

마지못한 표정을 알면서도 세영은 더 이상 그걸 문제 삼지 않았다.

대신 처음에 나누었던 대화를 다시 거론했다.

"그나저나 다시 말해 봐. 뭐가 떨어졌다고?"

"쌀이… 떨어졌습니다."

"너네, 며칠 자객질 안 했다고 쌀이 떨어질 정도로 가난했던 거야?"

"그, 그게 아니라, 대인과 약속한 시간 이후로 자객행을 금한 터라… 사전에 받은 의뢰들에 대해 손해 배상을……."

"얼마나 했기에 쌀 살 돈이 없다는 거야?"

"서른두 건에 십일만 구천 냥입니다."

"흐음……."

침음이 절로 흐르는 액수였다.

"부풀린 거면……."

"제 목을 치십시오."

선수를 치는 야행복 사내, 막야의 말에 세영의 표정이 어두워졌다.

"그래도 그 정도 돈이 있긴 있었던 모양이야?"

"육만 칠천 냥을 빚졌다는 말씀을 꼭 올리라 하셨습니다."

"어, 얼마?"

"육만 칠천 냥, 정확히는 육만 칠천백이십 냥입니다."

"너무 세세하게 아는 거 같다?"

"물으시면 정확히 아뢰라고 알려 주셔서……."

"누가?"

물으나 마나라는 걸 알면서도 묻지 않을 수 없었다.

"막주께서……."

"빌어먹을!"

"또 하나……."

"또 있어?"

"이자가 하루에 꼬박꼬박 쉰닷 냥씩 붙을 거라는 말씀도 꼭 드리라고……."

"이런 빌어먹을! 에이, 빌어먹을!"

발까지 구르는 세영의 모습에 막야는 잔뜩 목을 움츠려야 했다.

그런 막야에게 세영이 물었다.

"언제까지 버틸 수 있대?"

"사흘……. 아이들은 그 이상 버티지 못할 거라고 말씀하셨습니다."

"제기랄, 알았어."

막야를 돌려보낸 세영은 머리를 부여잡았다. 이건 잘해 보자고 끌어들였다가 된통 당한 셈이었다.

그런 세영에게 기륭이 손님이 찾아왔다고 알렸다.

"누군데?"

짜증이 가득한 세영의 음성에 기륭이 긴장한 음성으로 답했다.

"천강문의 좌호법이라고……."

"천강문?"

"예, 어찌… 돌려보낼까요?"

'그래!'라는 말이 목구멍까지 올라왔지만 뱉어 내진 못했다. 그들이 왜 왔는지 대강이나마 짐작을 하고 있었던 까닭이었다.

'빌어먹을!'

"데리고 와."

세영의 명에 기륭이 서둘러 달려갔다.

잠시 후, 일전에 천강문에서 안면을 튼 고군겸이 기륭의 안내로 들어섰다.

"대인을 뵙습니다."

고군겸의 포권에 세영은 마지못해 손을 들어 보였다.

"어서 와."

생각보다 순순히 맞아 주자 고군겸은 일이 잘될 것 같은 느낌이 들었다.

그래서였을 것이다. 쓸데없는 말을 덧붙인 것은.

"그나저나 날씨가 좋습니다."

쾅-! 우르르콰광!

천둥소리에 창밖을 내다본 세영이 말했다.

"날씨 우라지게 좋네."

금방이라도 비가 쏟아질 것같이 우중충한 창밖을 바라보며 고군겸이 울상을 지었다.

그런 고군겸을 바라보며 세영이 물었다.

"왜 보잔 건데?"

"그게… 이거……."

고군겸이 품에서 꺼내 조심스럽게 내미는 봉투를 바라보며 세영은 침을 삼켰다.

꿀꺽.

'이런 빌어먹을!'

저게 돈이길 바라는 자신의 모습에 화가 났다. 하지만 반대론 웃음이 튀어나오려는 것을 억지로 참았다.

'사람이 얼마나 간사한 동물인 줄 아느냐? 내가 하면 세기의 사랑이고, 남이 하면 추악한 불륜이라고 했다. 그만큼 자신에겐 관대하고 타인에겐 야박하다는 말이다. 하니 섣불리 장담하지도 말고, 매사에 조심, 또 조심해야 할 것이다.'

청렴한 포교가 되겠다던 자신에게 사부가 했던 말이었다. 어찌 보면 지금이 딱 사부가 말했던 바로 그때 같았다. 비위가 틀리고 자신의 모습이 싫었지만 내뱉은 말에는 책임을 져야 했다.

슬그머니 봉투를 집는 세영을 바라보는 고군겸은 긴장했다. 오죽하면 봉투를 열고 안을 들여다보는 세영의 표정을 고스란히 따라 할 지경이었다.

"오만 냥……."

다소 실망하는 표정이었다. 그에 고군겸이 긴장했다.

"조금 더 준비할 수 있습니다."

그 말에 세영이 반색을 보였다.

"얼마나……?"

"몇 천 냥쯤은……."

고군겸의 말에 세영의 표정엔 다시 실망감이 어렸다.

덜컹 하고 심장이 내려앉는 소리가 들렸지만 고군겸은 더 큰 금액을 준비할 수 있다고 말하지 못했다.

그 이상은 자신이 결정할 수 있는 범위를 넘어가기에…….

'아무래도 문주께 말씀을 올려 금액을 더 준비해야겠어. 그러자면…….'

자신이 서탁에 내려놓은 봉투를 고군겸이 잡아당기려 하자 세영이 급히 반대편을 내리눌렀다.

"왜?"

"다시 돌아가서……."

"아, 아니야. 그냥 받지, 뭐."

가지고 돌아가겠다고 말하는 것으로 오해한 세영의 답이었다.

그 말이 놀랍기도 하고, 기쁘기도 했던 고군겸이 밝아진 얼굴로 봉투에서 손을 떼었다.

그러자 후다닥 품속에 봉투를 갈무리한 세영이 물었다.

"아까 더 줄 수 있다던 몇 천 냥… 줄 거지?"

'도둑놈'이란 말이 목구멍까지 올라왔지만 고군겸은 미소를 잃지 않았다.

"여부가 있겠습니까?"

"애들은 그게 입금되면……."

생략된 뒷말을 알아들은 고군겸이 황급히 고개를 숙였다.

"속히 준비해서 다시 오겠습니다."

"기다리지."

세영의 답이 끝나기 무섭게 고군겸이 집무실을 벗어났다.

2시진 후, 세영은 3천 냥짜리 전표를 더 받았다.

2만 냥과 3만 냥, 그리고 3천 냥짜리 전표 3장을 늘어놓은 세영은 시무룩했다.

기왕 하는 포교, 멋지고 청렴하고 싶었다. 구태와 비리를 타파하고 정말 제대로 된, 백성들에게 사랑과 존경을 받는 그런 포교가 되고 싶었다.

하지만 이걸 받는 순간, 청렴은 날아간다.

구태와 비리에 대한 타파도 공염불이 될 것이다. 아무리 얼굴이 두껍기로서니 뇌물을 받아먹은 놈이 다른 자의 비리를 파헤칠 수는 없을 테니까 말이다.

갈등에 휩싸여 있을 때, 막야가 창문을 통해 슬그머니 들어섰다.

"버, 벌써 준비하신 것입니까?"

서탁 위의 전표를 발견한 막야의 놀람에 세영의 입에서 한숨이 새어 나왔다.

"돈… 받으러 온 거냐?"

"그게… 사흘을 굶은 아이들이 앓기 시작해서……."

애들이 아프다는데 다른 걸 생각할 수도 없었다.

그렇다고 자신의 청렴을 지키고자 없던 일로 하고 자객질을 다시 시작하라 말할 수도 없었다.

그건 뇌물을 받는 짓보다 더한 악행이었기에.

"가져… 가라."

세영의 말에 막야가 기쁜 얼굴로 서탁 위의 전표들을 챙겼다.

턱-

큰 액수들을 챙기고 3천 냥짜리 전표를 챙기려는 순간 세영의 손이 전표의 끝을 눌렀다.
"왜……?"
놀라서 바라보는 막야에게 세영이 답했다.
"이건… 내 것이 아니다."

'세상에서 가장 치사한 놈이 혼자 먹는 놈이다. 살자고 돈을 받았으면 함께 살아야지. 그게 세상을 사는 가장 기본적인 이치다.'

누가 혼자서 돈을 먹었다며 투덜거리던 선친의 음성이 떠오른 것은 정말이지 우연이었다.
"아! 예."
전표에서 손을 뗀 막야가 물었다.
"부족한 돈은 어찌한다 전하올지……?"
순간적으로 막야를 칠 뻔했다.
어느새 자신의 코앞에 도달한 주먹에 커다래진 눈으로 마른침을 삼키는 막야에게 천천히 손을 내리며 세영이 답했다.
"조만간에… 우선 한두 달 버틸 돈을 제외하고 빚을 갚으라 전하고."
"예, 대인."
고개를 조아린 막야가 서둘러 사라졌다. 아무래도 그 자리에 있다간 무사히 빠져나갈 수 없을 것 같다는 예감을 느낀 까닭이었다.

※ ※ ※

나 포두는 놀란 표정으로 세영을 바라보았다.
"이, 이게… 뭔가?"
"전표죠."
"그야… 무슨 전표냐고 묻는 게 아닌가?"
"고물, 쥐약, 뒷돈, 뭐… 직설적으로 말하자면 뇌물 정도가 되겠지요."
"이, 이 사람, 무슨 그런 말을……."
당황하는 나 포두에게 세영이 말했다.
"뇌옥에 갇혀 있는 놈들, 방면 좀 해 주십시오."
"뇌옥에 갇혀 있는 놈들? 누구?"
"제가 잡아 온 놈들 말입니다."
세영의 말에 나 포두의 눈이 커졌다.
"그, 그들을 내보낸다고?"
"예."
세영의 답이 떨어지기 무섭게 나 포두가 그의 손을 덥석 잡았다.
"잘했네. 제대로 결정한 게야. 암! 무림과 관은 서로 못 본 척하고 사는 것이 편한 일이지. 암!"
"그럼 내보내도 되겠습니까?"
"그야 이를 말인가? 그리고 어차피 그들을 잡아들인 것이 자네이니 풀어 주는 것도 자네 손에 달린 것이 아니겠나."
"그럼 그리 알고 처리하겠습니다."
그 말을 던져 놓고 돌아서는 세영을 나 포두가 잡았다.
"왜… 그러십니까?"
"이거… 가져가게."
아까워하는 표정이 역력했지만 나 포두는 3천 냥짜리 전표를 세영에게 내밀었다.
"왜……?"
"자네가 잡아들인 이들이니 자네가 알아서 받는 것이 옳다고 생각할 뿐일세."
너무 거물들이 잡혀 들어왔다.
그들의 몸값이 분명한 돈을 받는다는 것이 부담스러웠던 것이다.
그런 나 포두의 생각을 알아차린 세영이 고개를 저었다.
"그보다 더 큰 돈을 받았습니다. 그건… 함께 먹고살자고 드리는 겁니다. 알아서 나누어 주십시오."
그리 말해 놓고 나가는 세영을 나 포두는 잡지 못했다. 부득불 붙잡아 돌려주기엔 너무 큰 금액이었기 때문이다.

좌포청의 최고 책임자인 포령은 나 포두가 내민 전표를 바라보며 갈등했다.

"금액이… 너무 크지 않은가?"

"이보다 더 많은 돈을 그가 받았다 하였으니… 걱정하지 마시지요."

"더 큰 돈을?"

"예."

"흠… 후일 이것이 칼이 되어 돌아올 일은 없다고 확신하는가?"

"우리에게만 먹였다면 문제가 되겠지만, 자신도 받았으니 그럴 일은 없을 것입니다."

나 포두의 말에 포령이 물었다.

"그도 받았다는 것은 확인한 겐가?"

"예, 주었다는 이들에게서 직접 확인하였습니다."

"그렇다면야……."

슬그머니 오백 냥짜리 전표를 챙기는 포령을 확인하는 나 포두의 얼굴에 안도의 표정이 어렸다.

이제 좌포청의 모든 이들이 이번 일의 떡고물을 먹은 셈이었다.

불과 50년 전만 해도 강호인들에게 개봉하면 가장 먼저 떠오르는 이름은 개방이었다.

구파일방의 '일 방'이자 강호 협객들의 선봉이었던 개방의 총타가 바로 개봉에 자리하고 있었기 때문이다.

하지만 작금의 개방은 빛바랜 영광의 부산물에 지나지 않았다.

"포교란 놈이 그리 많은 뇌물을 받아먹었단 말이더냐?"

"예, 방주님."

"손을 보아야 할 놈이로구나."

방주의 말에 보고를 올렸던 수석 장로가 불안한 표정으로 말했다.

"뇌마를 잡았던 작자입니다."

"해서? 그냥 보고 있자는 말인가?"

"그, 그게… 송구하오나 우리는 그만한 고수를 보유하지 못하였습니다."

수석 장로의 말에 방주의 눈썹이 곤두섰다.

"힘이 없다고 뒤로 물러서 있었다면 개방의 이름은 얻지도 못했을 것이다. 그걸 모른단 말인가!"

"그것을 어찌 모르겠습니까. 하나 이번엔 위험을 무릅쓴다 하더라도 성사가 요원한지라……."

"어허, 이런 답답한 사람을 보았는가! 그럴수록 더 나서야 하는 것이 바로 우리 개방이란 것을 잊은 겐가! 왜, 남겨 두고 가기에 아까운 것이라도 있던가?"
"그, 그것은 아니오나……."
"하면 무엇이 두렵단 말인가! 군말 그만하고 놈에 대한 징치 계획이나 짜서 올리게."

명을 받은 수석 장로가 방주의 초막에서 나오는 것을 법개가 맞았다.
"무어라 하시더이까?"
"예상대로이다."
수석 장로의 답에 법개의 표정이 어두워졌다.
"어찌하실 생각이십니까?"
"장로 회의를 열어 보아야 하겠소이다만은… 궁가방(窮家房)에 도움을 청해 볼까 하오이다."
"장로들은 둘째 치고, 방주께서 용납하지 않을 것입니다."
"아니고서는 방법이 없어요. 자칫 우리 힘으로 해결하려 들었다간 그나마 남아 있는 쓸 만한 제자들이 모조리 좌포청 뇌옥에 앉아 있게 될 수도 있단 말이외다."
수석 장로의 말에 법개는 아무 말도 하지 못했다. 그 말이 틀렸다 말할 수 없는 개방의 현실 때문이었다.

그날, 개방의 장로 회의는 궁가방에 대한 지원 요청을 가결했지만 그 결정은 방주에 의해 묵살당했다.

"지금 정신이 있는 겐가! 오백 년 개방의 역사를 헌신짝처럼 내버리고 항주로 내려간 이들에게 손을 벌리자는 말인가!"

"하오나 방주……."

"시끄럽다! 개방의 기개를 똥통에 던져 넣을 생각이거든 지금이라도 개방을 떠나라!"

화를 버럭 내며 초막을 박차고 나가는 방주를 장로들은 막을 수가 없었다.

결국 개방은 추리고 추린 서른 명의 고수를 법개에게 딸려 내보냈다.

이른바 '도향교의 변'이 그렇게 시작되고 있었다.

제19장
도향교(塗香橋)의 변(變)

 개봉의 중심부를 가르는 도로를 사람들은 중산로(中山路)라 불렀다.

 그 중산로의 중심엔 개봉 수로를 가로지르는 다리 하나가 세워져 있었다.

 예로부터 이 다리는 개봉 최대의 사찰인 대상국사(大相国寺)를 가기 위해 반드시 건너야 하는 곳이다.

 그런 연유인지 다리를 건너면 부정을 씻고 사기를 없앤다 하여 이름도 도향교라 불렀다.

 오늘 세영이 맡은 임무는 바로 그 도향교를 지나 대상국사를 둘러보는 것이었다.

 요사이 몇몇 못된 무리가 사찰의 불전함(佛錢函)에 손을 댄다는 신고가 접수되어 살피러 가는 길이었다.

기룡은 이제 스스로 길을 찾아 걷는 세영의 뒤를 따르고 있었다.

지난 한 달, 개봉은 많은 이들의 시선을 받았다.

날고 긴다는 강호의 고수들이 잡혀 들어왔고, 자신은 감히 짐작도 하기 어려운 돈을 내고 풀려났다.

법보다 주먹을 더 믿는다는 강호인들의 처사라고는 믿기 어려웠지만, 그게 실제로 일어났다.

그리고 그 일의 중심엔 바로 세영이 자리하고 있었다.

처음엔 불만도 많았다. 알게 모르게 천강문으로부터 뒷돈을 받았던 많은 이들이 불편해했고, 그렇지 않은 이들은 언제 강호의 무리가 좌포청에 난입해 칼을 휘두를지 모른다며 불안해했다.

실패하긴 했지만 실제로도 한 번은 좌포청 안에서 암습도 벌어졌다.

여하간 그 일이 일어났을 때만 해도 좌포청의 모든 인원들이 세영이 제거될 날만 기다렸던 것이 사실이었다.

하지만 단 며칠 만에 상황이 변했다.

얼마나 큰돈을 받았는지는 모르겠지만 세영이 강호인들을 풀어 주며 엄청난 돈을 좌포청에 푼 것이다.

지난 20년간 좌포청에서 포쾌를 해 온 기룡이 그간 받은 돈을 다 합한 것보다 더 많은 돈을 그때 받았다.

그것은 다른 이들도 다르지 않았다.

부정한 돈이라는 것이 조금 불편하긴 했지만 곳간에서 인심 난다고, 큰돈을 쥔 좌포청 사람들의 시선이 바뀌었다.

세영만 지나가면 슬슬 피하고 험담을 하기에 바빴던 이들이 지금은 앞을 다투어 인사를 건넨다.

혹자들은 강호의 무리를 무서워하지 않는 포교가 있어 앞으로 좌포청의 일이 훨씬 수월해질 것이라 말하기도 했다.

그 말처럼 홍역을 치른 천강문은 몸을 사렸다.

하지만 개봉엔 천강문만 있는 것이 아니다. 그 탓에 아직은 피부에 와 닿을 정도의 변화는 감지되지 않고 있었다.

기륭의 상념이 정지된 것은 도향교의 중간에 도착했을 즈음이었다.

물론 자의적으로 정지한 것은 아니다. 갑자기 다리 아래 물속에서 솟구친 이들 때문이었다.

물줄기가 쏟아지듯 타구봉들이 일제히 쏟아졌다.

파바바바바바박!

요란한 소리와 함께 바닥을 두드린 타구봉이 다시 위로 들렸다. 위로 솟구친 것은 반드시 내려온다는 정설을 증명하듯 타구봉들이 다시 일제히 쏟아졌다.

파다다다다다닥!

파보(破步)로 타구봉의 소나기를 피하는 세영의 표정이 묘하다.

자신을 공격하는 이들이 모조리 거지 몰골을 하고 있기 때문이었다.

'거지들이 왜? 설마 돈 생겼는데 기부 안 했다고?'

엉뚱한 생각을 하는 동안에도 타구봉은 무섭게 짓쳐 들었다.

간혹은 때려 내고 대부분은 파보로 피하면서도 세영은 섣불리 공격해 들어가지 않았다.

두들기기엔 상대의 신분이 께름칙했기 때문이다.

'글쎄 독한 포교가 불쌍한 거지들을 두들겨 팼다더군.'

'거지 팔자도 불쌍한데 때리기까지……? 그거 아주 불쌍 놈 아니야!'

사람들이 떠들어 댈 말이 신경 쓰였던 것이다.

이런 경우엔 부딪칠 것이 아니라면 튀는 게 장땡이었다.

저 멀리서 놀란 눈으로 이쪽을 바라보는 기륭을 향해 세영의 발이 놓였다.

팡-

순간 바람이 바닥을 찼고, 세영의 신형이 기륭의 전면에서 불쑥 솟았다.

"잘 잡아!"

그 말만 남겨 두고 기륭을 옆구리에 낀 세영의 발 주변에서 다시금 바람이 불었다.

팡-

다시 섬보를 펼친 세영의 신형이 기륭과 함께 도향교에서 사라졌다.
 목표를 놓친 개방의 고수들이 멍한 표정으로 법개를 쳐다보았다. 어느 방향으로 도주했는지조차 제대로 보지 못했던 것이다.
 그렇게 제자들의 시선을 받는 법개의 고개가 동쪽, 대상국사 쪽으로 향한 것으로 보아 그나마 그는 도주 방향을 보았던 모양이었다.
 "어찌… 할까요?"
 한 제자의 물음에 법개가 손때로 반질거리는 타구봉을 어깨에 걸치며 답했다.
 "이왕 내친걸음, 잡아야겠지."
 동쪽으로 움직이는 법개를 따라 개방의 제자 서른이 움직였다.

          ❀   ❀   ❀

 대상국사에 바람이 불었다. 그리고 그 바람은 기륭을 옆구리에 낀 세영을 토해 놓았다.
 갑작스런 이들의 등장에 대상국사의 승려들과 참배객들이 다소 놀란 듯이 보였지만, 그 둘의 복장을 보고는 이내 관심을 접었다.

"험험… 순찰, 시작하자."

아무 일 없었다는 듯이 움직이는 세영의 뒤를 바짝 따르며 기륭이 물었다.

"아까 그놈들은 누굽니까?"

"거지 놈들 아니었더냐."

"그야 겉모습은 그랬습니다만… 설마 개방의 제자들이 관인을 공격할 리는 없고, 결국 거지로 위장한 자객들이 아니겠습니까?"

기륭의 말에 세영의 발길이 멈춰 섰다.

"거지로 위장한 자객?"

"아니면 왜 대낮에, 그것도 물속에서 뛰쳐나와 공격을 했겠습니까?"

듣고 보니 그랬다. 살막 애들은 야행복을 입고 땅속에서, 이번 놈들은 누더기를 걸치고 물속에서. 묘하게 일맥상통하는 바가 있었다.

"그랬단 말이지……."

작게 중얼거리는 세영의 귀로 기륭의 놀란 음성이 들려왔다.

"어! 저, 저놈들이 여기까지!"

기륭의 음성에 고개를 돌리던 세영의 눈에 빠르게 달려오는 거지 패거리, 아니 거지로 위장한 자객 패거리가 보였다.

"이런 겁대가리를 상실한 새끼들이!"

당장 튀어나가려는 세영을 기륭이 황급히 잡았다.
"여기서 싸움은 안 됩니다."
"왜?"
"여긴 천년 고찰입니다. 어지간한 장정이 세게 치면 부러질 기둥들이 하나둘이 아니라고요."

기륭의 말에 절을 둘러보니 낡긴 낡았다.

북송의 황가사묘(皇家寺墓)였던 전력 때문에 개봉을 차지했던 금이 사찰을 방치했던 까닭이다.

하긴 몽고가 차지한 지금도 제대로 관리가 되고 있지 않은 건 마찬가지였다.

"그럼 어디로?"
"어디든 여기만 아니라면요."

기륭의 말에 세영이 지근거리로 좁혀 든 거지, 아니 자객들을 바라보며 중얼거렸다.

"시작된 곳에서 마무리를 짓는 게 도리겠지."

팡-

법개와 개방의 제자들이 도착한 곳엔 바람만 남고 세영과 기륭의 모습은 보이지 않았다.

"어, 어디로!"

당황하는 제자들의 시선에 이번엔 반대로 서쪽을 바라보는 법개의 모습이 보였다.

재빠르게 경공을 펼쳐 달려가던 개방 제자들의 시선에 도향교 난간에 기대어 서 있는 세영의 모습이 보였다.
"도주하지 못하도록 일부는 뒤를 막아라!"
 법개의 명에 10여 명의 제자들이 일제히 날아올라 도향교를 뛰어넘었다.
 거의 십 장에 달하는 거리를 단숨에 뛰어넘는 것이 꽤나 뛰어난 신법을 가진 이들 같았다.
 앞뒤를 막은 개방의 제자들이 천천히 다리 중간에 서 있는 세영을 향해 다가왔다.
"언놈이 보낸……."
 세영의 물음은 제대로 끝을 맺지 못했다.
 법개의 손짓에 따라 서른의 제자들의 일제히 달려들었기 때문이다.
"이것들이 보자 보자 하니까!"
 분노한 세영의 음성이 30개의 타구봉 안에서 용트림했다.

 기륭은 사력을 다해 달렸다.
 아무리 뛰어난 박 포교도 서른씩이나 되는 자객을 모두 처치하기는 어려울 터였다. 부족하겠지만 자신들의 도움이 절실했다.
 기륭의 전언을 받은 좌포청은 생각 외로 빠르게 움직였다.

포반에서 대기 중이던 포쾌와 정용 스물이 뛰쳐나왔다. 만약을 위해 그들은 활과 칼까지 휴대했다.

이유야 어쨌건 받은 돈이 있었다. 그 돈으로 병든 노모의 약도 샀고, 헌 옷이 싫다며 매일같이 울던 딸아이에게 새 옷도 사 입혔다. 비만 오면 줄줄 샜던 집도 고쳤고, 서당 가는 친구들을 부러워하던 아들내미도 입당시켰다.

그나마 권력층에 속하는 포두와 포교들에겐 별것 아니었을지 몰라도, 그동안 떨어지는 국물이라곤 철전 몇 닢이 다였던 포쾌와 정용들에겐 목숨으로라도 갚아야 하는 은혜였던 것이다.

"빨리!"

어디서 늑대 한 마리까지 끌고 나온 이축이 기륭과 함께 나란히 달리며 고함을 쳤다.

그렇게 사력을 다해 도향교에 도착한 포쾌와 정용들은 놀란 눈으로 난간에 기대 하품을 해 대고 있는 세영을 바라봤다.

"어! 왔어?"

"아, 예······."

멍청하게 답할 수밖에 없는 것이, 수십 명의 거지들이 도향교에 널브러져 있었던 것이다.

일부는 흠뻑 젖은 것이 아마도 도향교 아래 물속으로 떨어졌던 것을 건져 놓은 모양이었다.

"왔으면 뭐해? 포승줄로 묶어서 압송하지 않고."
"예? 아! 예. 무, 묶어라."

엉겁결에 답한 기륭의 명에 포쾌와 정용들이 놀란 시선으로 세영을 흘깃거리며 거지들을 묶기 시작했다.

한데 그렇게 거지들을 묶던 포쾌 하나가 기륭에게 다가가 귓속말을 전했다.

무슨 소린지 그 말을 들은 기륭의 눈이 화등잔만 하게 커졌다.

"저, 저기… 포교님."

기륭의 부름에 세영이 시큰둥한 표정으로 고개를 돌렸다.

"왜?"

"무, 문제가 생겼습니다."

"무슨 문제?"

"이자들… 개방의 걸개들입니다."

기륭의 말에 세영의 눈이 찌푸려졌다. '아깐 아니랬잖아!' 란 말은 구태여 입에 담지 않았다.

"어떻게 알았어?"

"허리춤에 표식이……."

기륭의 말을 듣고 보니 허리춤에 헝겊으로 매듭을 지어 놓은 것이 보였다.

"어찌하오리까……?"

조심스럽게 묻는 기륭에게 세영이 답했다.

"개방이든 고양이방이든 관인을 습격한 놈들이야. 그냥 압송해."

"하지만 그리하시면 문제가 생길 수도 있습니다."

"어떤 문제?"

"백도맹에서 이의를 제기해 올 것입니다."

"백도맹?"

"정파인들의 연합체입지요."

"그럼 그놈들도 무림인?"

"예."

기륭의 답에 세영은 걱정도 팔자라는 표정을 지었다.

"그럼 상관없어. 다 압송해."

변하지 않는 세영의 결정에 걱정스런 표정의 기륭이 동료들에게 눈짓을 했다.

그 눈짓에 잠시 기다리던 포쾌와 정용들이 걸개들을 다시 묶기 시작했다.

※　　※　　※

나 포두는 기가 막힌 표정으로 물었다.

"뭐? 어디의 누굴 잡아 와?"

"개방의 걸개들이랍니다."

유 포교의 답에 나 포두가 벌떡 일어섰다.

"이런 미친!"

"어찌할까요?"

"뭘 어찌해! 당장 막아야지. 정파 놈들이라고! 그놈들은 마도 놈들과는 기본적으로 생각이 다른 놈들이란 거, 유 포교도 알잖아! 이번엔 정말로 좌포청에 피바람이 일 수도 있어. 어서 가서 박 포교 들어오라고 해!"

길길이 날뛰는 나 포두의 명에 유 포교가 황급히 뛰어나갔다.

얼마 후, 세영이 유 포교와 함께 들어왔다.

쾅-

"자네 미쳤나?"

책상을 내리치는 나 포두에게 세영은 시큰둥하게 답했다.

"아뇨."

"안 미쳤는데 어찌 정파인을 잡아 와!"

"하면 관인을 습격했는데도 그냥 둡니까?"

"관인을 습격… 서, 설마 그들이 그랬으려고?"

슬쩍 음성이 누그러지는 나 포두에게 세영이 답했다.

"정말인데요."

"누, 누굴 습격했는데?"

"저요."

"저, 정말인가?"

음성에 묻어나는 의심에 세영이 발끈했다.

"증인도 있습니다."

"흐음……."

무슨 생각에서 그랬는지는 몰라도 정말로 관인을 습격했다면 무조건적인 방면은 어렵다.

자칫 관부의 위엄이 한순간에 무너질 수도 있었기 때문이다.

그리고 그것은 가뜩이나 반몽고 세력에 의해 관부의 위엄이 위협받는 것을 못마땅해하는 몽고의 수뇌부가 용납하지 않을 것이었다.

꿀 먹은 벙어리처럼 말을 못하는 나 포두에게 세영이 물었다.

"나가 봐도 됩니까?"

안 된다고 말하고 싶었지만 그럴 근거가 없었다.

"그, 그래."

나 포두의 답에 세영은 두말없이 몸을 돌려 나가 버렸다. 그렇게 세영이 나가자 유 포교가 조심스럽게 물었다.

"어쩌시려고요?"

"습격이라면… 당장은 어찌 손쓸 수가 없질 않나."

"하지만 말씀대로 저들이 가만히 있지 않을 겁니다."

"그야……."

그래서 걱정이다.

힘이 모든 것을 좌우한다고 믿는 마도인들은 상대의 강

함에 잘 굴복하는 편이다. 일단 한 번 패배를 인정하면 뒤끝도 없다. 약자가 몸을 굽혀야 하는 게 당연하다 생각하기 때문이다.

하지만 정파인은 다르다.

힘보단 명분을 중요시하고, 명분보단 명예를 소중히 하는 이들이 바로 그들이다.

자신들의 명예가 손상당했다고 판단되면 누구의 잘못인지는 뒤편으로 미뤄 두고 무조건 달려든다. 그땐 마도인들보다 거칠게, 뒷골목 흑도보다 치사하게 나오는 이들이 바로 정파인들이었다.

그래서 관부가 상대하기엔 더 골치 아픈 작자들이었다.

이제 그런 자들과 각을 세우게 생겼다는 것에 나 포두는 머리를 부여잡았다.

※   ※   ※

수석 장로의 보고에 방주는 부들부들 떨었다.

"모두… 사로잡혔단 말인가?"

"예, 방주. 법개 이하 서른의 제자들이 모두 좌포청의 뇌옥에 투옥되어 있다 합니다."

"이런 천인공노할!"

버럭 화를 내는 방주에게 수석 장로가 조심스럽게 말했다.

"죄목이 무겁습니다."

"죄목? 감히 개방의 제자들에게 죄를 씌웠단 말인가!"

"……."

무슨 말만 해도 바들바들 떨어 대는 방주의 모습에 수석 장로는 입을 닫았다.

그런 그를 흘깃 바라본 방주가 물었다.

"그래, 무슨 죄를 씌웠다던가?"

"특수 공무 집행 방해, 관인 암살 미수, 자객 사칭, 사찰 불법 침입, 하천 오염, 풍기 문란입니다."

한참 동안 죄명을 주워 삼킨 수석 장로를 바라보며 방주가 어이없는 표정으로 물었다.

"뭐?"

"특수 공무 집행 방해, 관인 암살 미수, 자객 사……."

"못 들었다는 것이 아닐세! 도대체 그런 죄명이 왜 붙었냐는 게지. 막말로 특수 공무 집행 방해와 관인 암살 미수까지는 그렇다고 쳐도, 자객 사칭? 거기다 사찰 불법 침입은 뭐고, 하천 오염은 또 뭐냔 말이야. 아! 풍기 문란? 그건 도대체 무슨 뚱딴지같은 소리고!"

방주의 분노에 수석 장로가 조심스럽게 설명을 이었다.

"그게… 자객처럼 옷을 맞춰 입고 물속에서 튀어나왔으니 자객 사칭이랍니다."

"뭐? 아아, 좋아, 좋아. 어디 더 들어 보지. 다음은?"

"사찰 불법 침입은 놈을 쫓는 과정에서 법개와 제자들이 대상국사에 들어갔던 모양입니다."

"아니, 개방된 사찰에 들어간 것이 왜 불법이야?"

"그게… 불법적인 일을 위해 들어갔으니 불법이랍니다."

"이런! 그다음은?"

"제압 과정에서 하천에 몇몇 제자들이 빠졌사온데……."

"그런데?"

"그들에게서 땟물이 흘러 나갔다고……."

다시금 터져 나올 고함에 대비해 귀에 힘을 주던 수석 장로는 어쩐 일로 조용한 방주를 바라보았다.

그는 겸연쩍은 표정으로 입맛을 다시며 중얼거리고 있었다.

"흠… 그것참… 그건 묘하게 부정하기 힘든 구석이 있구면."

그런 방주를 수석 장로가 어이없는 표정으로 불렀다.

"방주!"

"아! 흠흠, 그다음은 뭐였지 풍기 문란? 그건 또 왜 가져다 붙인 거라던가?"

"그것이 가장 억지스러운 것이온데… 일부 제자들이 도주로를 막기 위해 도향교를 건너뛰는 과정에서 찢어진 하의를 통해 그것이 돌출되었다고……."

"그것?"

"남자의 소중한……."
"험험!"
방주의 헛기침이 요란했다.
"어찌하올지……?"
"어쩌긴, 애들 바지를 꿰매 입혀야지."
"예?"
놀라서 묻는 수석 장로를 바라보던 방주가 자신이 무슨 말을 했는지 떠올리곤 당황한 표정을 지었다.
"험험! 그, 그게 아니라, 놈을 찢어 죽여야지! 암! 천하 절개의 표상인 개방의 걸개들을 되도 않는 죄목으로 잡아넣은 놈을 그냥 둘 순 없지."
"하오면 어찌……?"
"내일, 악의 축인 좌포청을 쓸어버린다."
방주의 결정에 수석 장로는 눈을 질끈 감았다. 드디어 그렇게 우려하던 최악의 결정이 떨어진 까닭이었다.

❀   ❀   ❀

세상엔 밤을 낮처럼 사는 이들이 더러 있다. 개중 자객이 대표적인 야행성 직종 중 하나였다.
아! 물론 오늘 밤의 거사는 자객행이라 말하기 어려웠지만…….

"정말 이런 짓까지 해야 하는 겁니까?"

복면을 뒤집어쓴 사내의 물음엔 자괴감이 가득했다.

그런 사내를 흘깃 돌아본 사내는 물어 온 이와 전혀 구별이 되지 않았다.

똑같이 야행복을 입고 복면을 쓴 까닭이다.

"아니면 다시 굶주린 늑대 앞에 매달려 볼 생각이야?"

상대의 답에 물었던 사내가 고개를 저었다.

"그, 그건 아니지만……."

"하니 방법이 없다. 까라면 까야지."

"그나저나 매형, 아니 막주, 우린 쉰둘이고, 저들은 이백마흔셋입니다. 가능할까요?"

"그러니 일 호가 미혼 약을 가지고 들어간 게 아니냐. 일반 제자들이 약 기운에 나가떨어지고 나면 영향을 받지 않는 놈들의 수는 쉰 안쪽일 게다. 그놈들을 일거에 덮쳐야지."

"어! 저기 누나… 아니, 일 호가 나옵니다."

사내의 말이 끝나기 무섭게 또 다른 복면인이 곁에 내려앉았다.

"약을 퍼트렸어요. 반 각 후에 시작하면 될 거예요."

"한데 약효의 영향을 받지 않는 자들을 어찌 구별하죠?"

살막의 총관을 겸하는 6호, 그러니까 자신의 동생의 물음에 1호가 날카로운 음성을 토했다.

"그러게 임무 설명할 때 꾸벅꾸벅 졸지 좀 마!"
"미, 미안해, 누나."
"쯧!"
"아! 미안, 일 호."
 티격태격하는 두 사람 사이로 막주가 끼어들었다.
"아아, 집안싸움은 나중에. 그리고 육 호는 잘 들어. 약효가 미친 이들은 입에 거품을 문다. 다시 말해 거품 없는 놈만 덮치면 되는 거지. 쉽지?"
"알았어요."
 고개를 끄덕이는 6호를 바라보는 막주의 귀로 1호의 음성이 들려왔다.
"반 각이 지났어요."
 아내이자 살막 최고의 자객인 1호의 말에 막주가 신호를 보냈다.
 순간 주변 정경이 일그러졌다.
 아무런 흔적도 없던 풀이 일어서고, 담이 주저앉았으며 물이 땅으로 기어 올라왔다.
 그렇게 살막의 자객들이 개방 총타가 차려진 초막들을 덮쳤다.

 좌포청의 포쾌와 정용 서른이 모조리 동원되어 있었다.
"이거 참… 내 포쾌 생활 십오 년이오만 자객과 함께 일하게 되리라곤 미처 생각도 못해 봤소."

이축의 말에 기름이 뒷머리를 긁적거렸다.

"낸들 다를까!"

"거기, 조용히 하고 준비해. 놈들이 실려 오면 내가 맥을 짚자마자 무조건 포승줄로 감고, 반항하면 무조건 매를 쳐라! 겁먹지 말고, 우린 포청의 관인이다. 뒷골목 파락호 새끼들 잡아들이는 데 겁먹는 새끼가 있으면 내가 먼저 반쯤 죽여 놓을 테니까 명심하고."

서슬 퍼런 세영의 말에 포쾌와 정용들은 입을 닫고 마음을 다잡았다.

잠시 후, 야행복에 복면을 쓴 자객들이 의식을 잃은 걸개들을 둘러업고 달려왔다.

좌포청의 책임자인 포령 수부타이는 잔뜩 당황한 표정으로 달려온 선임 포두의 보고를 받고 있었다.

"개방도를 모두?"

"예, 총타에 있는 개방도는 모두······."

"흠······."

침음을 흘리는 수부타이에게 나 포두가 불안한 음성으로 말했다.

"이 소식을 각지에 흩어져 있는 개방 분타들이 알면 결코 가만히 있지 않을 겁니다."

"가만히 있지 않는다면?"

"개방의 걸개들이 새카맣게 몰려들 겁니다. 아무리 대부분의 세력이 오십 년 전에 궁가방으로 갈려 나갔다지만, 아직도 이만을 넘는 방도를 거느린 개방입니다."

"이, 이만!"

"예, 자칫 그 수가 모조리 몰려오기라도 한다면……."

"아, 안 될 말!"

"그러니 지금 당장 풀어 주고 없던 일로 무마해야 합니다."

나 포두의 말에 수부타이는 갈등 어린 표정이었다.

"우왕좌왕할 시간이 없습니다, 포령!"

선뜻 결정을 내리지 못하는 몽고인 포령을 다그치는 나 포두의 심정은 다급했다.

자신이 아는 정파인들의 습성상 조만간 보복이 단행 될 것이 분명했기 때문이다. 아니, 어쩌면 지금 이곳으로 달려오고 있을지도 몰랐다.

"일단 포장께 상의를 드려 보겠네."

"포령! 시간이 없습니다."

"아무리 시간이 없다 해도 관인을 습격했다는 죄목하에 투옥된 이들일세. 담당 포교가 죄가 없다는 보고서를 올린 것도 아닌데 내 마음대로 풀어 줄 수는 없다는 걸 알지 않나."

"하, 하지만……."
"일단 기다리게. 내 이 길로 포장께 달려가서 결심을 받아 올 터이니."
그 말을 남겨 둔 수부타이는 안절부절못하는 나 포두를 두고, 서둘러 포장이 근무하는 우포청으로 향했다.

구부르타는 순혈 몽고인으로 전통 몽고의 무공을 익힌 무인이었다.
그가 개봉부의 포장으로 발령을 받은 것도 하남이 무림인들의 활동이 가장 빈번한 지역이었기 때문이다.
그런 구부르타를 좌포청을 맡고 있는 수부타이가 찾아들었다.
"회의도 없는 날 그대가 어쩐 일인가?"
포장의 물음에 좌포청의 포령인 수부타이가 답했다.
"문제가 생겼습니다."
"문제?"
"예."
"말해 보게."
"그것이… 포교 하나가 개방 총타를 급습해 걸개들을 모조리 압송하였습니다."
수부타이의 말에 포장의 눈이 커졌다.
"개방을 습격해?"

"예, 포장."
"아니, 도대체 그게 가능은 하고?"
"그, 그건……."
"얼마나 뛰어난 포교이길래 그게 가능했단 말인가?"
"그게… 얼마 전에 뇌마를 잡아들인 적도 있으니……."
"뇌마? 그런 적도 있었단 말인가!"

 실수다. 뇌물을 받아먹고 함구하기로 한 까닭에 위로 보고도 하지 않았었다.

 당연히 포장은 알지 못하는 일이었다.

"그, 그게……."

 당황하는 수부타이를 포장이 의미심장한 시선으로 바라보았다.

"자네, 내게 할 말이 많을 듯하구먼."

 포장의 말에 수부타이의 얼굴이 검게 죽어 갔다.

제20장
적과 친구, 두 부류의 거지를 만나다

포장을 만나고 돌아온 포령에게서 나 포두는 경악할 말을 들었다.

"그, 그냥 두란 말입니까?"

"그래."

"하, 하지만 그랬다간 좌포청이 피에 잠길 겁니다."

"그리되면… 군병을 동원해 해당 무림 문파를 쓸어버리시겠다더군."

"누, 누가… 설마 포장께서?"

"하남 평장정사(平章政事)께서 하신 말씀일세."

몽고가 하남을 차지한 이후, 성도를 정주로 정했지만 아직 제대로 정비가 되지 않았다. 그 탓에 하남 행성의 관아는 여전히 개봉에 남아 있었다.

포령의 말에 나 포두의 표정이 굳었다.

평장정사라면 행성의 최고 책임자다. 휘하에 모인 군병만 수만, 제아무리 무림 문파라도 그 정도 병력엔 항거 불능이었다.

"하, 하면 그냥 저리 두신단 말씀이십니까?"

"명이 그러하니 달리 수가 없네. 그리고……."

포령의 음성이 잘게 떨리는 것에 나 포두의 표정이 굳었다.

"또 무엇이 있는 겁니까?"

"일전의 일을 포장과 평장정사께서 아셨네."

"허억!"

기겁하는 나 포두에게 포령이 말을 이었다.

"앞으로 또 한 번만 뇌물을 받았다간 목을 베겠노라 하셨네."

물론 정말로 뇌물을 받으면 목을 베겠다는 말이 아니란 것은 안다. 지금까지 바쳐 오던 상납금이 있으니까.

하니 그 말인즉슨 다시 좌포청 혼자 먹으면 그냥 두지 않겠다는 말과 같았다.

포령의 말에 나 포두의 얼굴색은 흙빛으로 물들었다. 상납하지 않고 밑에서 독식하는 것을 가장 싫어하는 것이 관리라는 걸 잘 알기 때문이었다.

수석 장로는 불안한 얼굴로 저만치 늑대 우리 앞에 달려 있는 법개를 바라보았다.

우리에 갇혀 있다지만 굶주린 늑대는 사납게 짖어 댔다.

더구나 그런 늑대를 가둬 둔 우리는 그리 튼튼해 보이지도 않았다.

만에 하나 저 창살이 부러지는 날엔…….

생각만 해도 끔찍했는지 수석 장로의 몸이 부르르 떨렸다.

"왜, 소피 마려운 겐가?"

옆에 매달린 방주의 물음에 수석 장로가 한숨을 내쉬었다.

"아닙니다."

"한데, 왜?"

"그냥… 신경 쓰지 않으셔도 됩니다."

평소엔 감히 입에 담지 못하던 말투다. 그런 것이 튀어나온 것은 짜증에 울화가 겹쳐 저도 모르게 나온 말이었다.

하고서도 후회했지만 이미 나간 말은 주워 담을 수 없었다.

당황한 수석 장로가 사과라도 할 요량으로 방주를 바라보았다.

하지만 방주는 열심히 식사 중인 포교를 바라보며 침을 삼키느라 여념이 없었다.

적과 친구, 두 부류의 거지를 만나다 • 143

하지만 방주는 열심히 식사 중인 포교를 바라보며 침을 삼키느라 여념이 없었다.

죄인들을 천장에 매달아 놓고 느긋하게 밥을 먹는 세영을 바라보는 것은 이축도 다르지 않았다.

때론 죄인들을 압박하기 위한 수단으로 자신도 고문을 당하던 죄인들 앞에서 식사를 하긴 하지만 잠시 시늉만 할 뿐이다.

하지만 세영은 잠시도 아니고 시늉도 아니다. 그는 매 끼니때마다 아주 풍족하게, 꼭 취조실에서 식사를 했다.

"꺼~억."

트림을 한 세영이 물 잔을 들자 이축이 재빨리 들고 있던 물통을 기울여 물을 따랐다.

"저놈, 얼마나 굶긴 거야?"

세영의 시선이 늑대를 향한 것을 확인한 이축이 답했다.

"이제 이틀입니다."

"아직 사흘이나 남은 건가?"

"예, 뼈째 씹어 먹을 정도로 굶주리려면… 그렇습니다."

지체 없는 이축의 답에 그를 슬쩍 일별한 세영의 입가에 미소가 어렸다.

"잘하네."

"다 포교님 덕입죠."

"좋아, 좋아. 뭐든 배우는 건 좋은 거지."

"어이, 노인네."
"왜? 이 불쌍놈아!"
방주는 버럭 화를 냈다.

그게 세영을 향한 순수한 분노인지, 아니면 반찬을 바라보던 시야를 가린 것에 대한 분노인지는 명확하지 않았다.

여하간 방주의 분노에 세영은 심드렁히 반응했다.

"야, 이축."
"예, 포교님."
"밥 시킨 거 도로 물려라."
"예?"

의아하게 묻던 이축은 번쩍이는 세영의 시선과 마주하곤 황급히 고개를 끄덕였다.

"아! 예, 포교님."

신형을 돌리는 이축과 세영을 번갈아 바라보던 방주의 입에서 다급한 음성이 튀어나왔다.

"자, 잠시만!"
"왜 그러쇼?"

세영의 말에 방주가 물었다.

"바, 밥을 시켰더냐?"
"그랬소만."
"흠흠, 하, 할 말 있으면 해 봐라."

방주의 반응에 세영이 피식 웃었다.

"이축."

"예."

"밥… 가져오라 그래."

"옙."

복명한 이축이 나가자 세영의 시선이 방주에게 향했다.

"우선 하나 물읍시다."

"말해."

"왜 날 노린 거요?"

"그걸 몰라서 묻나?"

"모르니 묻는 게 아니겠소?"

세영의 답에 뭐 이렇게 낯짝 두꺼운 놈이 있냐는 시선으로 방주가 말했다.

"마두 놈들과 협작질을 해서 그렇게 많은 돈을 받아먹고도 왜 그런 줄 모른다?"

"마두 놈들?"

"뇌마를 비롯한 마두 놈들 말이다."

"아! 예군평이. 한데 왜 마두라 부르는 거요?"

"법과 도를 무시하고 세상의 질서를 어지럽히는 놈들이니 마두랄밖에."

"법을 무시하긴 노인네도 다르지 않았소만."

"그, 그거야… 워낙 네놈이 흉악한지라……."

"자기는 법을 어겨도 되고, 남은 어기면 안 된다? 무슨 그런 더러운 잣대가 다 있소."

"뭐, 뭐라! 더러운 잣대?"

"그럼 아니오?"

"난 도의와 협의에 따라……."

방주의 말은 세영의 음성에 의해 중간에서 잘려 나갔다.

"누구의 도의와 누구의 협의 말이오?"

"그, 그야……."

이번에도 말은 중간에서 잘렸다.

"노인네의 도의와 노인네의 협의겠지. 그게 더러운 게 아니면 뭐가 더러운 거요?"

세영의 말에 방주는 입을 벌린 채 아무 말도 하지 못했다. 분명 할 말은 많은데 완벽하게 논리에서 가로막혀 버린 탓이었다.

그런 데다 세영은 결정타 한 방을 더 날렸다.

"거기다, 난 죄인을 풀어 줬지만 노인넨 사람을 죽이려던 거 아니오? 세상 사람들한테 물어보시구려. 누가 더 흉악한 놈인지."

방주 곁에 매달려 있던 수석 장로는 아예 눈을 감아 버렸다.

논리와 현실, 그리고 결과에서 완벽하게 패배했다는 걸 느낀 까닭이었다.

❄ ❄ ❄

 백결개는 개방 낙양 분타의 분타주였다.

 그는 장로급으로는 유일하게 분타주로 나선 이로, 실력도 개방의 고수들 중에서는 최상급에 속했다.

 그런 그가 3백이 넘는 걸개들을 이끌고 개봉으로 들어선 것은 개방 총타가 습격을 받은 날로부터 2일째 밤이었다.

 그 짧은 시간에 낙양에서 개봉으로 달려오느라 백결개뿐만 아니라 대다수 걸개들이 잔뜩 지쳐 있었다.

 그렇다고 휴식을 취하지도 못했다.

 자신들이 시간을 지체하는 만큼 동료들이 받는 고통이 늘어날 것을 알기에.

 이내 좌포청에 도착한 백결개가 주변으로 모여든 걸개들에게 말했다.

 "최대한 조용히, 최대한 신속하게. 가자!"

 백결개의 명에 3백의 걸개들이 일제히 좌포청의 담을 뛰어넘었다. 그리고…

 담을 넘은 3백의 걸개들이 멍하니 서 있었다.

 그들은 지금 자신들이 보고 있는 장면을 얼른 이해하지 못한 상태였다.

 그런 걸개들을 바라본 이가 손을 흔들었다.

 "어! 백결개 장로 아닌가? 이리 오게."

개 다리 하나를 들고 손을 흔드는 방주의 모습에 백결개는 뭐가 어떻게 된 것인지 얼떨떨할 뿐이었다.

 백결개는 방주의 소개로 세영과 인사를 나누었다.
"낙양 분타의 분타주라네. 이 친구 타구봉법이 아주 일품이지."
 방주의 칭찬에 겸연쩍은 미소를 지어 보인 백결개가 슬그머니 수석 장로에게 물었다.
"어찌 된 게요?"
"별로 말할 것도 없소."
"무슨……?"
"그냥 밥 한 끼에 방주가 넘어갔을 뿐이오."
 도무지 알아듣지 못할 말에 백결개의 눈가에 주름이 잡혔다.
 그날, 잔치가 파한 뒤에 백결개가 수석 장로에게 들은 이야기는 한마디로 어이가 없었다.
"그러니까, 논리에서 뒤진 방주가 두 손을 들었다, 그 말이오?"
"논리만이 아니었소. 뇌물 받은 돈으로 살막의 자객행을 금지시켰다는데 달리 할 말이 있어야지요. 더러운 돈으로 사람을 살렸다. 그래서 그게 나쁜 거냐고 묻는데 방주만이 아니라 나도 할 말을 못 찾겠더이다."

"그래도 저건 좀……."

백결개가 불만스런 표정으로 바라보는 곳에선 개 기름이 번들거리는 손으로 방주가 세영의 어깨를 두드리고 있었다.

"으하하하! 동생, 오늘 동생 덕에 아주 잘 먹고 가네."

방주의 호탕한 음성에 세영이 손사래를 쳤다.

"자주 오시구려. 내, 노형님이 원하면 개는 원 없이 잡아 주리다."

"크하하! 역시 내 동생, 손도 큼세. 암, 자주 와야지. 동생이 있는데 왜 자주 오지 않겠나. 너무 자주 온다고 구박이나 마시게."

"무슨 그런 말을. 잘 가시구려."

"알았네. 자- 가자."

방주의 명에 5백이 넘는 개방의 걸개들이 일어섰다.

개봉부의 포장은 감찰 포두의 보고에 놀란 표정을 감추지 못했다.

"그냥 물러갔단 말이더냐?"

"예. 어찌한 것인지, 좌포청에서 개를 잡아 주었더니 두말 없이 물러갔습니다."

만약을 대비해 평장정사에게 도움까지 청해 1만에 달하는 군병까지 준비해 둔 상태였다.

그런 상태에서 아무 일도 없이 지나갔다는 것이 좀처럼 믿어지지 않았다.

"혹시 위협에 눌려 방면한 것이더냐?"

"개방의 걸개들은 모두 방면된 것은 맞사오나……."

"맞는데?"

"위협에 눌린 것은 아닌 듯하옵니다."

"그럼 왜 방면하였단 말이더냐?"

"그것까지는 소인도 잘……. 다만, 오늘 소인이 지켜본 바로는 좌포청의 그 포교를 마주치는 걸개들이 인사를 합니다요."

"인사? 무림인이 관인에게 인사를 한다?"

"예, 포장."

처음 들어보는 소리였다.

포청의 우두머리인 자신은 둘째 치고, 하남 행성의 최고 자리인 평장정사조차 개 닭 보듯 하는 인사들이 바로 무림인이다.

한데, 그런 이들이 인사를 한단다.

"이유를, 이유를 알아 오라."

"하, 하오나 그러기 위해서는 직접 해당 포교를 심문해야 하온데… 그리하올까요?"

죄를 지은 것도 없이 심문을 한다? 조심스러운 일이다.

더구나 그는 최고위층이라 할 수 있는 바루에트 대만인장이 고려에서 데려온 사람이라지 않던가?

괜히 건드려서 나중에 후환이 될 일은 하지 않는 것이 좋았다.

"아니, 걸개들을 살살 달래서 알아보라."

포장의 명에 감찰 포두는 울상을 지었다.

근처에 접근하는 것도 어려운 무림인을 어찌 달랠지 앞이 캄캄했기 때문이다.

❀ ❀ ❀

북쪽에 개방이 있다면 남쪽엔 궁가방이 있다.

여진이 세운 금나라에 밀려 한족의 나라인 송이 남부 지방으로 밀려 내려간 이후 개방은 끊임없이 분란을 겪었다. 오랑캐의 땅에서 오랑캐의 눈치를 받으며 살 수 없다는 걸개들이 많았기 때문이다.

결국 개봉을 금이 차지한 지 50년 만에 개방이 쪼개지며 다수의 걸개들이 남하했다.

그렇게 세워진 궁가방은 남송의 도읍인 항주에 자리를 틀고 있었다.

"개방이 일개 포교에게 무릎을 꿇었다?"

"무릎을 꿇었다는 표현까지는 무리가 있겠지만… 여하간 비세를 보인 것은 확실한 듯합니다."

수석 장로의 답에 궁가방의 방주는 너털웃음을 터트렸다.

"푸하하하! 꼴좋은지고. 감히 궁가의 이름을 쥐고 놓지 않던 작자들이 혼구녕이 났겠구나."

"그 정도까지는 아닌 듯하오나 놀라긴 했을 것입니다."

"웃긴 이야기이긴 하다만, 그걸 굳이 내게 전한 이유가 있을 터인데?"

"제자들의 사기가 떨어지고 있습니다."

"사기가? 아니, 왜?"

"걸개들의 위상이 떨어졌다는 것이지요. 게다가 개방은 궁가의 전통이 아니겠습니까."

50년이 넘었음에도 개방이란 이름에 대한 향수가 진하게 남아 있는 것이다.

오죽하면 다시 송이 북진을 하여 개봉을 회복하면 다시 합쳐져 개방으로 불릴 날을 손꼽아 기다리는 걸개들의 수가 절반 이상을 차지하고 있었다.

마음에 들지 않는 반응이었지만 그렇다고 현실을 외면한 채 내버려 둘 수도 없는 노릇이었다.

"해서 어찌하자는 겐가?"

"놈의 코를 납작하게 눌러, 걸개들의 기개가 살아 있음을 보여 주어야 하지 않겠습니까?"

"제자를 내보내자는 겐가?"

"광염개(狂炎丐)가 자원을 하고 나선 상태입니다."

적과 친구, 두 부류의 거지를 만나다 • 153

"광염개가?"

"예, 방주."

광염개는 궁가방의 고수들 중 다섯 손가락 안에 드는 실력자였다.

그의 열화장(烈火掌)은 장법에 있어 중원 최고라는 무당의 도사들조차 감히 경시하지 못할 정도였다. 하지만…….

"그로 충분하겠는가?"

"하여 후개를 청하고자 합니다."

"후개를?"

"예, 광염개가 허실을 파악하고, 후개가 마무리를 짓는다면……."

"궁가의 이름은 다시 서겠군."

"예, 분명 그리될 것입니다."

수석 장로의 확답에 궁가방주의 고개가 끄덕여졌다.

"좋아, 후개에게 명을 전하게."

궁가방주의 말에 수석 장로가 고개를 조아렸다.

첫 봉록을 탈탈 털어 쉰 마리가 넘는 개를 사서 풀었다.

그 덕에 개방의 걸개들과 원만하게 일을 해결했지만 솔직히, 세영은 불만이 없지 않았다.

"빌어먹을, 네가 하자는 대로 하긴 했다만, 왠지 똥 싸고 밑 안 닦은 기분이다."

세영의 투덜거림에 살막주가 빙긋이 웃었다.

"개방, 높은 이름이긴 하나 지금은 별 볼 일 없는 거지 소굴입니다. 과거의 개방이었다면 아무리 살막이라도 침투 자체가 불가능했을 이들입니다."

"옛 힘을 잃었다고 불쌍히 여겨라. 뭐, 그런 거야?"

"어려운 와중에도 없는 사람을 돕는 이들입니다. 자신들이 구걸해 모은 돈으로 빈민을 구제하고 병든 노인들을 돌보는 이들이지요. 그들을 잡아넣었으면 마음이 편하셨겠습니까?"

"그야……."

"영 마음이 없었으면 호형호제도 하지 않았을 터. 아닙니까?"

"그, 그야……."

이번엔 세영의 말이 막혔다. 콕콕 약점만 찔러 대니 말로는 이길 수가 없었던 것이다.

"그냥 지켜보십시오. 나라가 바뀌는 혼란한 정국에서 힘없는 민초들의 편에 서서 움직이는 이들입니다. 더구나 예부터 동냥은 못해도 쪽박은 깨는 것이 아니라 하지 않습니까."

"에이, 알았다, 알았어. 그나저나 넌 또 왜 온 거야?"

"그게… 이자 날짜가 다가오는데 어찌하올지?"

"무슨 소리야? 돈 가져간 게 이제 겨우 열흘 남짓인데?"

"이자를 보름 단위로 내야 하는지라……."

"도대체 어떤 시러베아들 놈이 이자를 보름에 한 번씩 걷어 가?"

"그, 그게… 오해가 있으신 모양인데… 금액은 한 달에 한 번 걷어 가는 것과 같습니다. 다만 위험도를 낮추기 위해서 보름에 반씩 걷어 가는 것입죠."

살막주의 설명에 세영의 표정이 풀어졌다.

"아~! 난 또… 그럼 이번엔 얼마를 준비해야 하는 건데?"

"이백열네 냥입니다."

"빌어먹을, 너무 많아."

"연 삼 할의 이자니까 그리 비싼 것도 아닙죠."

비싸다. 고려 같았다면 도둑놈 소리를 들어도 쌀 정도로.

하지만 중원은 아니다. 연 5할을 넘는 고리가 일반적이다. 개중엔 연 10할, 그러니까 1냥 빌리면 1년 동안 이자까지 2냥을 갚아야 하는 지독한 고리도 있었다.

하긴, 한 달만 지나도 갚아야 하는 돈이 2배가 되는 월 10할의 살인적인 고리도 있다.

그래도 법은 그들을 처벌할 수 없다. 알고서 빌린 이들의 책임이란 논리 때문이었다.

"여하간 이놈의 동네는 정이 없어."

세영의 투덜거림에 살막주가 빙긋이 웃었다. 그것을 바라보며 세영이 핀잔을 주었다.

"웃긴… 언제까지 줘야 돼?"
"앞으로 오 일 후에 이자를 받으러 올 겁니다."
"그 안에 해결하란 소리로구먼."
"송구합니다."
고개를 숙이는 살막주에게 세영이 퉁명을 떨었다.
"마음에도 없는 소리 하지 마. 그리고 내가 벌인 일이야. 네가 미안할 일이 아니란 소리지."
세영의 말에 살막주는 작게 미소 지을 뿐이었다.

답답한 마음에 좌포청을 나선 세영이 거리를 걸었다.
돈을 만들어야 하는데 당장 구할 곳이 없었다. 그렇다고 아무 짓도 하지 않는 무림인들을 다시 잡아들여 몸값을 요구할 수도 없는 노릇이었다.
"기개도 없는 놈들."
구시렁거릴 만도 한 것이, 요사이 천강문도들은 하나같이 문파 밖으로 나올 때 무기를 소지하지 않았다.
영 불안한 경우엔 기껏 한 척 미만의 작은 비도 정도만 소지한다.
몇 번 불심검문에서 자를 들이대 보았지만 분명 한 척에 모자란 크기였다.
뿐인가?
어찌 소문이 난 것인지 개봉에 들어서는 무인들은 모두

적과 친구, 두 부류의 거지를 만나다 • 157

무기를 소지하지 않는다.

 검수(劍手)든, 창수(槍手)든, 아니면 도객(刀客)이든, 부객(斧客)이든 가리지 않고 무기를 내려놓는다.

 오죽하면 개봉 성문 앞에 무기를 맡아 주는 새로운 점포가 생겼을 정도였다.

 사정이 이렇다 보니 어지간한 일이 아니면 무림인들은 개봉에 발을 잘 들여놓지 않았다.

 요사이 그로 인해 소득이 줄었다면서 기루나 주루 주인들이 항의가 적지 않았다.

 "가만… 항의!"

 무언가를 곰곰이 생각해 보던 세영의 발걸음이 유홍가 쪽으로 돌려졌다.

※   ※   ※

 개봉 최대의 주루인 이화루(梨花樓)의 루주는 모란각주인 이협의 방문에 의외의 얼굴로 그를 맞았다.

 "모란각의 각주께서 어쩐 일이시오?"

 "그게… 상의드릴 일이 있어서 찾아뵈었소이다."

 "일단 앉으시지요."

 이화루주의 권유에 이협이 자리에 앉았다.

 "그래 어쩐 일로……?"

"차도 한잔 안 주시는 겝니까?"

"이런 결례가. 제일 바쁜 시간인지라 마음이 급하여… 용서하시구려."

이후 이화루주는 자신이 직접 차를 달여 이협에게 대접했다.

"이거, 오늘 내가 이화루주가 직접 내린 차를 다 마셔 보고. 호사를 누리는구려."

"별말씀을 다 하시외다. 그나저나 차를 얻어 마시려 오실 분은 아니시고. 무슨 일이십니까?"

이화루주의 물음에 이협은 답이 아니라 질문을 던졌다.

"요즘 수익이 어떠십니까?"

"예전만 못하지요."

"역시 이곳도 무림인들의 발길이 줄어든 까닭이겠지요?"

"생각보다 손실이 크더이다. 수도 적고 가끔 사고도 치지만 씀씀이가 워낙 큰 이들이 아닙니까."

"흠… 해서 내 방법을 하나 찾아내었소만."

"방법이라면……?"

이화루주가 관심을 보이자 이협이 조심스럽게 말했다.

"무림인들이 개봉을 피하는 이유를 제거하는 것이지요."

"설마… 그 포교를 제거하는 것이라면 전 발을 담그지 않을 것입니다. 소득 좀 지켜보자고 이화루를 날려 먹을 순 없으니까요."

어지간히 강렬한 인상을 받았던 모양인지 이화루주는 대번에 고개를 저었다.

그런 이화루주에게 이협이 설명을 이었다.

"그런 일이라면 나부터 나서지 않았을 겁니다."

"하면……?"

"뇌물이지요."

"뇌물?"

"돈으로 단속을 좀 느슨히 해 달라 청하자는 말입니다."

"하지만 그에게 뇌물을 썼다가 잡혀 들어간 이들의 이야기가 개봉에 파다하던데, 그게 먹히겠습니까?"

"반대로 풀려날 때 쓴 뇌물은 어찌하고요?"

이협의 말에 이화루주가 조심스럽게 말했다.

"그 이야기는 나도 들었습니다. 워낙 큰돈을 거론해서 다 믿긴 어렵겠습니다만은……."

"내가 아는 이가 그 포교와 선이 좀 닿습니다. 그를 통해 들으니 소문이 거짓은 아닌 모양이더이다."

"그, 그럼 오, 오만 냥이라는 거금을……!"

"그런 모양이오. 해서 하는 말이오만, 그 정도로 돈을 밝히는 인사라면 우리가 파고들 여지도 있지 않겠소이까?"

"하나 그 이야기가 사실이면 욕심이 너무 과한 사람이 아니겠습니까? 우리가 제시할 금액에 만족하지 못하면 문제만 복잡해지지 않겠습니까?"

"일단은 접촉을 해 봐야지요. 루주께서 동의한다면 내가 한번 나서 보려는데, 어찌 생각하십니까?"

"왜 내 동의가 필요한 겝니까?"

"루주께서 움직이면 개봉의 주루는 모두 따라오지 않겠습니까?"

"그야……. 하면 각주께서 움직이는 것도……?"

"예, 원래대로라면 도화원이 나서야 하겠지만 고관들을 상대하는 그들이야 원래부터 무림인은 상대하지 않았었으니 이 일에 관심을 가질 리가 없지요. 해서 제가 나서 보려 합니다. 다른 기루들에게선 일이 성사되면 함께하겠다는 약속을 받았습니다."

이협의 말에 잠시 생각을 가다듬은 이화루주가 고개를 끄덕였다.

"성사된다면… 저도 따르지요."

"하면 다른 주루들은……?"

"걱정하지 마십시오. 일만 성사된다면 제가 책임지고 동조하도록 만들겠습니다."

이화루주의 말에 이협이 웃는 낯으로 자리에서 일어섰다.

제21장
정기 상납

세영은 모란각의 3층 귀빈실에서 돌아온 이협을 맞았다.
"어찌… 잘되었나?"
"예, 성사되면 동조하겠다는 약속을 받았습니다."
"좋아, 잘되었군."
기뻐하는 세영에게 이협이 조심스럽게 물었다.
"이제 어찌하면 되겠습니까?"
"어찌하긴? 적당한 금액을 불러야겠지. 자네 생각엔 얼마나 불러야겠나?"
"정확한 금액이야 손실 난 금액을 취합해 봐야 나오겠지만, 저희 집의 손실로 유추해 보면 개봉의 기루와 주루들이 입는 한 달 손실이 대략 금자 이천 냥 안쪽이지 싶습니다."

"뭐가 그렇게 커?"

"하남에서 가장 많은 돈이 풀리는 곳이 이곳 개봉입니다. 하남의 무림인들이 술을 먹을 만큼 좋은 시설을 갖춘 주루와 기루가 있는 곳도 이곳 개봉뿐이지요."

"아아, 복잡한 건 빼고. 그래서 내가 얼마나 부르면 될 것 같은데?"

"대략 오 할의 원가를 제하면 천 냥, 그 반 정도 안이라면 받아들이지 않을까 싶습니다."

"하면 오백 냥?"

"예, 그 정도가 되지 않을까 싶습니다."

살막이 한 달에 부담해야 할 이자에 근접한 액수였다.

'그것만 된다면야……'

"좋아. 그 금액이라면 나도 불만 없네."

세영의 말에 이협이 고개를 끄덕이며 말했다.

"하긴 그 금액이면 우포청과 나누고 또 좌포청에 뿌려도 삼 할은 남으실 겁니다."

"뭔 소리야? 우포청엔 왜 나누고, 좌포청엔 왜 뿌려?"

놀라는 세영에게 이협이 당황한 표정으로 말했다.

"하면 설마… 혼자 다 드실 요량이셨습니까?"

'**혼자 먹은 건 반드시 탈이 난다. 그런 걸 일러 정말 쥐약이라 부르는 게다.**'

이협의 음성 위로 선친의 음성이 깔렸다.

'빌어먹을! 잊고 있었다.'

"하, 할 수 없겠지. 그래도 없는 것보단 나을 테니."

세영이 곧바로 수긍하자 이협이 밝은 얼굴로 고개를 조아렸다.

"하면 곧바로 진행시켜 보겠습니다."

"알았어. 그렇게 해."

"하오면 내일 이 시간에 다시 와 주시겠습니까? 그때까진 마무리를 지어 놓겠습니다."

"돈은……?"

"그리하기로 결정만 선다면 선불이 원칙입지요."

"그건 마음에 드는군."

고개를 끄덕여 보인 세영이 모란각을 나선 것은 달이 뉘엿뉘엿 넘어가는 새벽녘이었다.

워낙 늦은 시간인 탓인지 불이 꺼진 기루나 주루도 심심치 않게 보였고, 길거리엔 사람의 그림자도 좀처럼 보이지 않았다.

그 어두운 길을 달빛에 의지해 걸어가던 중이었다.

쒜에에엑-

무언가 날아든다는 느낌과 함께 곧바로 몸이 반응했다. 본능적으로 파보를 밟아 반쯤 비켜선 앞으로 거센 바람이 지나갔다.

한데 그뿐이다. 자신의 앞을 지나간 바람이 허공에서 소멸했다.

비수나 비도, 간단히는 짱돌조차 보이지 않았다. 그렇다고 발출 지점을 놓친 건 아니다.

세영의 시선이 향한 골목 어귀에서 검은 그림자가 비스듬히 드러났다.

"거지?"

세영의 평가가 다 이루어지기도 전에 다시금 거친 바람이 밀어 닥쳤다.

'어떤 놈들은 피하면 제 놈이 세서 피하는 줄 안다. 그럴 땐 마주 때려라. 더 강하게, 더 빠르게.'

사부의 가르침 하나가 세영의 귓가를 간질이고 지나갔다.

쿵-

정보(正步), 바른 걸음이라는 말에서 알 수 있듯이 세상에서 가장 정직하고, 가장 힘찬 걸음이다.

한 걸음에 주변의 자연지기가 눌려 꼼짝을 않는다. 그것을 주먹에 휘감아 거칠게 내질렀다.

쾅-!

망타(忘打). 한 방에 혼백이 날아가 모든 것을 잊는다는 강격(强擊)이다.

"우웩!"

장법으로 맞받았던 그림자, 광염개가 피를 게웠다.

쉬익-

언제 다가섰는지 길게 휘돌며 떨어진 세영의 오른발이 광염개의 뒷덜미로 떨어졌다.

꽝-!

벼락 치는 소리와 함께 광염개의 몸이 땅바닥에 처박혔다.

❀   ❀   ❀

자다 말고 끌려나온 개방의 방주는 팔팔 뛰는 세영과 그 옆에 널브러진 걸개를 번갈아 바라보았다.

"그렇게 화만 내지 말고 천천히 이야기해 보라고. 그러니까 동생이 바람에 놀라서 애를 이 지경으로 만들어 놨다는 건가?"

"아니, 노형님은 귓구멍이 막혔소? 왜 엉뚱한 소리요."

"그러니 천천히 다시 설명해 보라니까."

방주의 물음에 세영이 방금 전, 유흥가 골목에서 있었던 일을 세세히 설명하기 시작했다.

"그러니까 내가 기루에서 나오는데 말이오."

"기루? 동생, 기루에 갔었나?"

"그랬소만……."

"혼자?"

"뭐… 그렇죠?"

"좋았나?"

"뭐가 말이요?"

"혼자 가서 으응, 응, 좋았냔 말일세."

"무, 무슨 상상을 하는 거요? 일 때문에 갔었단 말이오, 일!"

"요샌 기루에서 좌포청의 일도 하는 모양일세?"

"이, 이런! 그런 일은 아니고……."

"하면 무슨 일이었을까?"

눈을 반짝이는 방주의 물음에 세영은 입이 막히고 말았다.

아무리 얼굴이 두껍기로서니 뇌물 먹으려고 뒷작업하러 갔었다고 말할 수는 없는 노릇이었기 때문이다.

이유도 모른 채 세영이 입을 다물자 방주의 놀림은 더 커졌다.

그런 방주에게 세영이 버럭 소리를 질렀다.

"아아! 좋소, 좋아. 내 그랬다 치고. 이 작자가 날 덮쳤다 그거요. 자- 이자 행색 좀 보쇼. 딱 노형님네 애들이라고 써 있지 않소!"

제법 큰소리를 쳤지만 돌아온 답은 전혀 예상외의 것이

었다.

"우리 애 아니야."

"엥? 이 몰골을 보고도 그런 소리요?"

"거지라고 다 개방이면 온 천지의 거지들은 다 무공 고수게?"

"그, 그거야 그렇지만… 이자는 무공을 했다니까 그러네."

"했겠지. 그놈도 배운 게 있는데."

"거 보쇼. 그럼 개방 아니오? 중원에서 무공 쓰는 거지면 개방 말고 또 있소?"

"있네."

"엥! 뭐, 뭐요? 또 있단 말이오?"

놀라는 세영에게 개방 방주가 씁쓸한 표정으로 답했다.

"궁가방이라고… 반쪽짜리 개방이 있지."

"그럼……?"

"매듭이 아니라 포대를 매고 있지? 일곱 개니까 장로라는 뜻일세. 하긴 저 포대가 아니어도 잘 아는 놈이긴 하지."

"아는 놈? 그럼 누구요?"

"광염개라고, 궁가방의 장로라네."

"한데, 왜 이 작자가 날……?"

"처음에 내가 동생을 덮쳤던 것과 같은 생각을 궁가방이 하는 모양이지."

"그럼……?"

"우리처럼 떼로 떠메고 올 생각은 말게. 그쪽은 우리보다 수도 많고, 고수도 적지 않으니. 무엇보다 거리가 멀기도 하고."

"어디에 있는 자들이오?"

"절강, 몽고 쪽 인사들이 이름만으로도 이를 가는 남송의 땅이라네."

개방 방주의 말에 세영의 얼굴에 곤란한 표정이 떠올랐다.

❁　　❁　　❁

개방 식구가 아니면 좌포청으로 끌고 가겠다는 세영을 간신히 만류해 잡아 놓은 개방 방주는 제자들을 시켜 물을 길어다 광염개의 얼굴에 부었다.

쏴아아아-

"푸, 푸아!"

놀란 광염개가 벌떡 일어나 자세를 잡았다.

하지만 주변을 둘러본 그는 슬그머니 손을 내렸다. 그런 광염개를 바라보며 개방 방주가 퉁명을 떨었다.

"이젠 아예 안면 까는 거냐?"

"흠흠… 궁가방의 광염개가 개방의 방주를 뵈오이다."

마지못해 포권을 취하는 광염개에게 개방의 방주가 이 죽거렸다.

"뵈오이다~아?"

"험험, 이제 서로 집이 다르니 존중을……."

퍽-

냅다 집어 던진 바가지를 얻어맞은 광염개가 분한 표정을 지었다.

"거- 말로 합시다, 형님!"

"형님? 제 친형을 버리고 딴 놈 쫓아간 놈이 형니~임?"

"아! 거, 아무리 형제라도 생각은 다를 수도 있는 법 아니오."

"예라, 이 자식아! 돌아가신 사부가 알면 무덤에서 뛰쳐나올 일이야!"

"사부 화장한 거 아니었소?"

"이, 이런, 말이 그렇다는 게다. 말이!"

"난 또 사부 무덤 썼다는 줄 알고 깜짝 놀랐네."

혼자 중얼거리는 광염개에게 개방의 방주가 버럭 소리를 질렀다.

"왜! 정말 뛰쳐나올까 두려운 게냐?"

"뭐, 두렵다기보다는… 귀찮기는 하겠소만……."

뒷말을 웅얼거리던 광염개의 눈에 저만치 장작 위에 걸터앉아 있는 세영이 보였다.

정기 상납 • 173

"이젠 아주 총타에도 들여놓는 게요?"

"뭐가?"

"외인 말이오, 외인!"

광염개의 시선을 따라 뒤를 흘깃 바라본 개방의 방주가 콧방귀를 끼었다.

"내 의제니라. 외인은 무슨……."

"의제? 푸하하하 요샌 손자뻘하고도 형, 동생 하시오?"

"뭐, 손자뻘한테 얻어맞고 끌려온 놈보다는 낫겠지."

방주의 말에 광염개의 얼굴에서 웃음기가 사라졌다.

"빌어먹을! 방심, 그렇지, 방심했었던 거요."

"지랄을 떨어라. 뇌마를 잡아넣은 친구 앞에서 방심? 거짓부렁도 되게 쳐야 하는 거다."

방주의 힐난에 광염개는 입을 다물고, 삐죽이 입술을 내밀었다.

"애냐? 입술은 왜 내밀고 지랄이여."

"거- 의제 앞에서 친동생 개망신 주면 기분 좋은가 보오?"

"아주 째진다, 이 자식아!"

서로 끊임없이 으르렁거리는 두 사람을 바라보던 세영이 곁에 서 있던 수석 장로에게 물었다.

"친형제인 모양이네?"

"그렇다오. 한 사부 밑에서 수련한 동문이기도 하고……."

"사부?"

"전대 방주셨소. 지금 궁가방을 세워 갈라져 나간 이도 그분의 제자라오."

"하면 사형제끼리……?"

물음 끝에 손으로 싸우는 동작을 취해 보이는 세영을 바라보며 수석 장로가 씁쓸하게 미소 지었다.

그런 수석 장로의 모습에 세영이 자리에서 일어섰다.

"어디 가시오?"

"졸려서… 가서 자야지."

"하면 저 친구는 어찌……?"

수석 장로의 물음에 방주와 여전히 말다툼 중인 광염개를 슬쩍 일별한 세영이 고개를 저었다.

"노형님보고 알아서 하라고 전해. 단! 다음번에 국물도 없다고 못 박는 거 잊지 말고."

그 말을 남겨 둔 세영이 멀어지는 것을 수석 장로는 잔잔한 미소로 바라보았다.

    ❀ ❀ ❀

다음 날 밤, 세영은 약속대로 이협을 찾아 모란각으로 향했다.

"어서 오십시오."

세영을 맞는 자리엔 그 혼자가 아니었다.

"사람이 많네."

"대인의 확답을 직접 듣고 싶다는 이들이 많아서······."

이협의 말에 세영이 어깨를 으쓱였다.

"뭐, 확인하는 습관은 좋은 거니까."

별다른 말 없이 세영이 자리에 앉자 이협이 참석한 이들을 일일이 소개했다.

하지만 20여 명이 넘는 사람들이기에 세영은 솔직히 한 귀로 듣고 한 귀로 흘렸다.

"모란각주의 말대로 한 달에 금자 오백 냥이면 정말 무장에 대한 기찰을 중단해 주실 것입니까?"

자신에게 묻는 사내를 바라보며 세영이 물었다.

"누구라고 그랬었지?"

"이화루주입니다."

"아! 주루들의 대표라고 했었나?"

"예, 감히 그리 말을 했습지요."

"금액을 정확히 확정하는 것을 보니 꽤나 직설적인 것을 좋아하나 봐."

"송구합니다, 대인."

"송구할 것까지야··· 그래, 이왕 말이 나왔으니 답을 하지. 맞아. 그 돈이면 무기들로 시비를 걸지 않는다."

"다른 분들이 다시 그런 일을 벌이진 않을 것이라 믿어도 되겠습니까?"

"다른 분?"

"동료분들이나 윗분들을 말씀드리는 것입니다."

비로소 무엇을 묻는지 제대로 알아들은 세영이 답했다.

"설마 그 돈을 나 혼자 먹을 거라고 생각하는 것은 아니겠지?"

그제야 얼굴들이 밝아진 기루와 주루의 주인들이 서로를 바라보며 고개를 끄덕였다.

"그럼 여기……."

이화루주가 조심스럽게 내미는 봉투를 바라보며 세영이 물었다.

"뭐지?"

"이번 달 치입니다."

"보름밖에 안 남았는데……."

"첫 달이기에 성의 차 모두 넣었습니다."

이화루주의 말에 세영이 슬그머니 봉투를 품에 넣었다.

"고마운 일이군."

"하면 저희는 이만."

이런 일은 확인하고 빨리 빠지는 것이 장땡이다. 그걸 잘 아는 기루와 주루의 주인들이 썰물 빠지듯이 물러갔다.

그 자리에 오래 남고 싶지 않았던 세영도 술 한잔하고 가라는 이협의 손을 뿌리치고 모란각을 벗어났다.

"에효~ 이젠 아주 봉투 받는 데 머뭇거림도 안 들어. 이걸 알면 사부가 뭐라 그럴지……."

세영의 중얼거림은 중간에서 잘려 나갔다. 물론 자의는 아니다.

쉬이이익-

'바람!'

시작점으로 시선을 놓았다.

"저 빌어먹을 작자가!"

광염개의 열화장이 사납게 밀어닥쳤다.

파보가 일고 몸을 비켜 낸 세영의 신형이 빛살을 그려 냈다.

섬보에 이은 망타.

속도에 파괴력까지 겹쳐지면 만근 거석도 한 방에 가루가 된다.

꽝-!

지상에서 천둥이 울었다.

"커헉!"

새우처럼 등이 휜 광염개가 훨훨 날아가 멀쩡한 담벼락 2개를 무너트리고 처박혔다.

❈   ❈   ❈

개방 방주는 쥐구멍이라도 들어갈 표정이었다.

"미, 미안함세."

고개를 제대로 들지 못하는 개방 방주에게 세영이 투덜거렸다.

"쯧, 노형님 동생이라니 한 번만 더 넘어가는 거요."

"고마우이."

"다음엔 정말……."

부욱 인상을 긁는 세영에게 방주가 고개를 끄덕였다.

"더는 바라지도 않겠네."

"알았수. 그럼 나 가오."

휘휘 멀어져 가는 세영을 방주가 미안한 표정으로 바라보았다.

"끄응……."

정신을 차리는 광염개의 신음 소리에 멀어져 가는 세영에게서 방주가 시선을 돌렸다.

"정신이 드는 게야?"

그래도 형이라고 걱정부터 드는 것을 막을 수가 없었다.

"이게 괜찮아 보이오?"

눈을 뜨자마자 불퉁거린다.

그래도 방주의 입가로 미소가 어렸다. 살 만하다는 증좌였기 때문이다.

"그러게 왜 되도 않는 일을 벌이는 게야?"

"크크크, 상관없소. 내가 원하는 것은 다 얻었으니."

광염개의 말에 불안감을 느낀 방주가 물었다.

"그건 또 무슨 소리고?"

"몰라도 되오. 이건 개방이 아니라 궁가방의 일이니."

선을 긋는 동생을 방주는 답답한 시선으로 바라보았다.

개방의 최고 절기는 자타 공인 강룡십팔장(降龍十八掌)이다. 원래는 개방의 방주에게만 전해 내려오는 것이 원칙이었으나 궁가방이 갈려 나가며 그 맥이 궁가방으로 옮겨 갔다.

그렇다고 궁가방의 방주가 강룡십팔장을 전수한 장본인은 아니다.

꼬이고 꼬인 탓에 강룡십팔장이 전수된 이는 궁가방의 후개(後丐)였다.

대체로 후개는 당금 방주의 대제자가 되는 것이 일반적이었지만 이번 대엔 묘하게 일이 틀어진 까닭에 방주의 사제가 후개 자리를 이어받았다.

방주의 사제라는 것에서도 짐작했겠지만 나이도 많다. 이미 환갑을 코앞에 둔 노인이었으니까. 그래도 내공 수위가 높아서 노화가 더딘 데다 피부도 팽팽해서 그를 30대 장한으로 보는 이들도 적지 않았다.

그런 후개가 개봉으로 들어섰다.

"어서 오시오, 후개."

"우리 둘만 있을 땐 제발 그렇게 부르지 말라니까요, 사형."

"한 번이 두 번 되고, 두 번이 세 번 되는 게요. 둘이 있을 때의 버릇이 셋이 있어도, 또 넷이 있어도 튀어나올 것이라 그 말이외다."

"참, 사형도… 그나저나 대사형은 보셨소?"

"봤지."

"여전하더이까?"

"그 꼬장꼬장한 성격이 어딜 가겠소이까?"

"그 성격을 사형도 닮은 건 아시오?"

"험험."

괜한 헛기침을 해대는 광염개를 바라보며 빙긋이 웃은 후개가 중얼거렸다.

"그나저나 대사형을 못 본 지도 오래되었소."

"후개는 한 삼십 년 되었겠구려?"

"폐관 수련 들어가기 전이니… 벌써 그렇게 되었구려."

"아아, 그 노망난 인사 이야긴 그만하고. 놈에 대해 알려 드리리다."

광염개의 말에 후개가 물었다.

"뭘 좀 알아보셨소?"

"두 번 부딪쳐서 두 번 다 깨졌소."

뇌마를 잡은 놈이었다.

광염개의 장법이 뛰어나다지만 뇌마보다 더 고강하다고 자신할 순 없었다.

하니 비슷한 경지. 깨졌다고 놀랄 일도, 창피할 일도 아니었다.

"어찌 움직이더이까?"

후개의 물음에 광염개가 세영의 움직임을 설명하기 시작했다.

"속도요. 놈은 눈에 보이지 않을 정도의 **빠른 발**을 가졌소. 또한 권법의 파괴력이 강하오. 한 방에 호신강기가 뚫리고, 정신을 놓았소."

"빠른 발과 강한 주먹이라……."

후개의 중얼거림에 광염개가 말을 보탰다.

"거기다… 재수 없을 정도로 싸가지가 없소."

후개는 마지막 말을 무시했다.

제22장
주목을 받다

 후개가 복수의 장소로 선택한 곳은 개방이 신위를 잃은 곳이었다.

 세영은 오늘도 중산로를 걸었다.

 개방과 충돌하며 해결하지 못한 대상국사의 불전함 도난 사건을 해결하라는 명령이 다시 내려온 탓이었다.

 이전처럼 이축이 길을 잡았다. 그를 따라 세영이 터덜터덜 걸음을 옮겼다.

 그렇게 둘이 도향교를 건널 때였다.

 촤아아아악-

 물을 뚫고 튀어 오른 두 사람이 양쪽에서 협공을 가해 왔다.

쒜에에에엑-

2개의 공격이 하나의 소리를 흘렸다. 거기다 양쪽 다 무시무시한 속도로 휘몰아치는 바람이다.

'대저 바람은 좁은 곳에서 너른 곳으로 나가면 흩어지나니.'

들었을 당시엔 무슨 말인지 몰랐던 사부의 가르침이 갑자기 떠오른 것은 우연이었다. 생각이 떠오름과 동시에 주변 자연지기가 출렁였다.

의지가 실체를 갖추는 것은 촌각의 촌음. 세영 주변의 자연지기가 일제히 밖으로 물러났다.

진공? 허공? 아무것도 없는 곳으로 들어선 바람은 거친 힘을 잃고 비워진 공간을 채우며 흩어졌다.

너무나 간단히 상대의 공격을 무위로 돌린 세영의 신형이 돌았다.

팡-

공기가 터져 나가고…….

"컥-!"

세영은 왼쪽에서 솟구친 인형을 냅다 걷어차며 그 반동을 발판으로 삼아 높게 도약했다.

비슷한 바람이었지만 오른쪽이 조금 더 강력했다.

타격점을 높게 잡았다. 제대로만 들어가면 머리는 수박처럼 깨져 나갈 것이다.

가까워지는 노인의 눈과 세영의 눈이 부딪쳤다.

'빌어먹을!'

세영의 발에서 힘이 빠지고, 노인의 손은 강력한 힘을 떨쳐 냈다.

푸확-

마치 불길 같은 뜨거운 장력이 세영의 가슴을 후려쳤다.

평-

가슴에 일장을 허용한 세영이 훨훨 날아 물로 떨어졌다.

첨벙-

거친 물보라와 함께 물속에 처박힌 세영을 향해 일부러 비세를 보여 뒤로 물러났던 후개가 손을 펼쳐 들었다.

꽈르르르릉!

후개의 손에서 그려진 용이 커다란 용트림과 함께 무서운 속도로 떨어져 내렸다.

"포, 포교님!"

고함을 지른 이축이 무슨 생각인지 물속으로 뛰어들었다.

콰광쾅-!

물이 모조리 튀어 올랐다. 사람들이 비명과 함께 도주하고, 수로 인근의 건물과 행인들이 허공으로 치솟은 물을 뒤집어썼다.

거꾸로 솟구쳤던 물이 모조리 쏟아지고 어수선했던 사위가 내려앉자 후개의 시선이 도향교 주변 수로를 훑었다.
"없… 다!"
후개의 당황성이 끝나기 무섭게 저만치 다리 건너에 모습을 드러낸 세영이 밭은기침을 내뱉었다.
"쿨럭쿨럭!"
기침에 피가 섞여 튀었다. 부여잡은 가슴은 마치 불에 탄 듯 온통 엉망이다.
그런 그의 발밑엔 세영보다 더 엉망인 모습의 이축이 늘어져 있었다.
그 둘을 놀란 시선으로 바라보던 후개는 밤 고양이처럼 노랗게 빛나는 세영의 눈이 자신이 아니라 곁에 선 광염개를 향하고 있다는 것을 느꼈다.
"카악- 퉤!"
피가래를 뱉어 낸 세영이 씹어뱉듯 말했다.
"은혜를 원수로 갚는 종자들이 있다는 말은 들었지. 하지만 보기는 처음이라서. 고맙다고 해야 하나? 앞으론 그런 실수는 절대로 하지 않을 테니까."
세영의 말에 어두운 표정의 광염개가 흔들리는 음성으로 말했다.
"싸움에서… 힘을 거두는 것은 스스로의 결정이다. 그 책임을 남에게 돌리지 마라."

광염개의 말에 후개가 눈가를 찌푸렸다. 말인즉슨 세영이 힘을 빼는 덕에 광염개가 살았고, 광염개는 그걸 알면서도 일장을 먹였다는 것이었다.

"사, 사형!"

놀라는 후개에게 광염개가 소리쳤다.

"공엔! 사사로움이 없는 법이외다!"

"하, 하지만……."

"잘 들으시오, 후개. 우리의 소임은 궁가의 명예를 땅바닥으로 처박은 저놈의 명줄을 끊는 것이오. 그 외엔 아무것도 없소이다. 명심, 또 명심하시오!"

어쩔 줄 몰라 하는 후개를 다그치는 광염개의 말에 세영이 피식 웃었다.

"공엔 사사로움이 없다는 그 말, 네 놈 시체를 끌어다 던져 놓고서 널 보낸 작자에게 들려주지!"

"가능하……."

말은 이어지지 못했다.

오 장 밖에 있던 세영의 신형이 코앞에서 불쑥 튀어나온 까닭이다.

"위험!"

황급히 움직인 후개가 광염개의 앞을 가로막았다.

콰르르르 콰광-!

"커헉!"

용트림을 하던 용의 허리가 끊어졌다.

날카롭게 벼려진 검이 세영의 허리에서 튀어나와 용을 끊고, 후개의 가슴을 베고 지나갔다.

길게 베인 가슴을 부여잡고 비틀거리며 물러나는 후개의 틈으로 세영의 신형이 파고들었다.

파바방- 팡!

잘게 쪼개지는 한 방 한 방이 뼈를 부수고 근육을 짓이긴다.

폭타(暴打)가 네 번의 주먹질로 깨끗하게 광염개의 가슴으로 쏟아졌다.

"……."

눈을 부릅뜬 채 부르르 떨던 광염개가 뻣뻣하게 뒤로 넘어갔다.

"사, 사형!"

놀란 후개에게 세형이 검을 뻗어 냈다.

"움직이지 마라. 한 발만 더 떼면 네놈 목만 가져갈 생각이니까."

가슴이 완전히 함몰된 채 무너지는 광염개를 바라보며 후개는 움직이지 못했다.

※ ※ ※

이축은 사경을 헤매고 있었다.

왜 자신을 위해 몸을 내던졌는지 아직도 세영은 이유를 알지 못했다.

기름을 제외하면 유일하게 그가 매일같이 마주 대하는 포쾌이긴 했지만 그에게 살갑게 대한 적도, 별도로 돈을 집어 준 적도 없었다.

그렇게 이유 모를 호의로 위기를 모면한 세영은 어설픈 치료를 받은 후개를 취조실 천정에 매달았다.

가슴이 함몰된 광염개는 좌포청과 계약되어 있는 의원에 맡겨졌지만 소생을 장담할 수 없다는 말을 들었다.

개방의 방주는 오지 않았다.

왜 부딪쳤는지, 어떻게 싸웠는지, 왜 세영이 분노하였는지 모조리 보고를 받은 탓에 그는 오고 싶어도 올 수가 없었다.

뒤늦게 올라온 기름의 보고엔 방주가 좌포청 앞에서 두 시진을 서성이다 힘없이 돌아갔다고 했다.

개방의 수석 장로는 자신들의 불찰이라면서 고개를 숙이고 돌아갔다.

적어도 모든 걸개들이 은혜를 원수로 갚는 이들은 아니라는 것을 알아달라고 항변하듯이.

천정에 매달린 후개는 아무 말도 하지 않았다. 그를 매달아 놓은 세영도 아무 것도 묻지 않았다.

후개는 차마 할 말이 없어서였지만 세영은 기다리는 것이 있었기 때문이었다.
 후개를 취조실 천장에 매달아 놓은 지 5일, 세영이 검을 갈기 시작했다.
 6일, 포령을 위협해서 포청을 완전히 비웠다.
 7일, 세상 사람들이 도향교의 변이라 부르는 사건이 벌어졌다.

 좌포청으로 출청하던 포쾌와 정용들이 일제히 멈춰 섰다.
 그들이 부릅떠진 눈으로 바라보는 뇌옥 주변이 온통 피바다였다.
 뇌옥의 출입구를 두고 십 장 이내는 한 걸음 떼기도 어려울 정도로 많은 시신으로 도배되어 있었다.
 그 광경을 보자 피비린내가 코끝에서 진동을 했다.
 이 정도로 진한 피비린내를 어째서 안으로 들어서기 전엔 못 느꼈는지 이해할 수 없었다.
 아니, 그런 것은 모두 중요한 것이 아니다.
 흥건하게 고인 피가 세영이 남아 있던 취조실의 출입구와 맞닿아 있는 뇌옥 쪽으로 흘렀다.
 "바, 박 포교를 찾아라!"
 감히 상관을 위협했다며 포장에게 박 포교의 파면을 청하고 뒤늦게 출청하다 그 참상을 본 포령의 명에 멈춰 서 있던 포쾌와 정용들이 움직였다.

순간, 뇌옥의 입구에서 피를 뒤집어쓴 세영이 천천히 걸어 나왔다.

"바, 박 포교님!"

놀란 음성으로 세영을 부른 기륭이 황급히 다가왔다. 그에게 기댄 세영이 힘없이 웃었다.

수습된 시신은 모두 여든네 구. 모조리 걸인이나 걸칠 법한 옷을 입은 이들이었다.

등에 매단 포대기의 수는 다섯에서 일곱. 총타의 직전 제자에서 장로까지였다.

차마 들어서지 못했던 개방의 방주가 수석 장로와 법개를 대동하고 한달음에 달려왔다.

"자, 자네……."

무어라 제대로 말을 잇지 못하는 방주가 입만 벙긋거렸다. 그런 개방 방주를 바라보며 붕대로 온몸을 감은 채 의원 침상에 누워 있던 세영이 희미하게 웃었다.

"나 아직 안 죽었으니 걱정하지 마쇼."

"말본새 하고는……."

선친과 사부에게 늘 듣던 말을 방주에게서 또 들었다.

그게 웃겼던지 세영은 통증에 눈을 찌푸리면서도 웃음을 멈추지 못했다.

의원에 기륭이 지휘하는 정용 셋이 배치되었다. 그 주변을 개방의 걸개들이 둘러쌌다.
"주위로 뭔가가 있습니다."
경호망 밖으로 나서려는 제자를 수석 장로가 잡았다.
"박 포교의 명으로 총타를 덮쳤던 이들이다."
비로소 살막의 살수들이 요소요소에 배치되었다는 것을 알아차린 걸개가 자신의 자리로 돌아가 섰다.

개방의 방주는 궁가방의 후개와 마주하고 있었다.
그 난리통에도 세영은 후개를 베지 않았다.
여든넷, 후개를 구출하기 위해 좌포청을 습격한 자들을 모조리 베어 버린 후, 세영은 후개를 개방의 손에 넘겨주었다.
"너희들이 무슨 짓을 했는지는 알고 있는 게냐?"
개방 방주의 물음에 궁가방의 후개는 아무 소리도 하지 못했다.
그런 그에게 방주가 말했다.
"도대체 언제부터 걸개들이 협의가 아니라 복수에 미쳐 날뛰었더냐? 가서 전하거라. 이축이란 포쾌가 죽는 순간, 함께 죽은 목숨인 줄 알라고."
자신의 말에 놀라 눈을 크게 뜨는 궁가방 후개에게 방주가 말했다.

"내 말이 아니라 그 포교의 말이니라. 아무래도 너흰… 적을 잘못 정한 듯싶다."

후개는 돌아갔다. 여든넷, 궁가방 걸개들의 죽음 소식을 들고서.

하지만 광염개는 함께 돌아가지 못했다. 그는 여전히 사경을 헤매고 있었다. 자신들이 죽음의 절벽에 세워 놓은 이 축이란 포쾌와 함께.

❀   ❀   ❀

포장은 좌포청의 책임자인 포령 수부타이의 보고를 받고 있었다.

"하면 다른 동료들이 희생될까 두려워 포청을 비워 달라 청했던 것이다?"

"그런 것으로 판단됩니다, 포장."

"습격자들은 남송 놈들을 따라 남하한 걸인들이고?"

"일반 걸인이 아니라 무공을 배운 무림인들이라 합니다."

수부타이의 말에 포장이 물었다.

"그 개방이란 자들인가?"

"개방에서 떨어져나간 이들이라 합니다. 명칭이 궁가방이랍니다."

"궁가방이라… 여하간 남송의 잔당이 아닌가?"

"그리 분류할 수도 있을 듯합니다."
"다른 곳은 모르겠으나 감히 개봉에 들어와 분탕질이라니, 용납할 수 없다. 개봉을 샅샅이 뒤져 궁가방의 걸인이 있다면 모조리 잡아들여 참형에 처하라!"
"하, 하오나 무공을 익힌 이들인지라……."
"우포청의 병력 오백을 지원할 것이니 속히 시행하라!"
"조, 존명!"
복명한 수부타이가 나가자 포장이 이를 갈았다.
"갈아 마셔도 시원치 않을 남송 놈들!"
멀쩡한 남의 나라를 자신들이 침공했다는 것을 까맣게 잊고 있는 몽고의 관리였다.

개봉 전역이 소란스러워졌다. 오백에 달하는 우포청의 병력을 지원받은 좌포청은 곧바로 개봉 전체에 대한 수색을 진행했다.
허름한 옷을 입은 이들은 걸인이고 아니고를 막론하고 검문을 받았다.
그 과정에서 조금이라도 수상한 낌새를 보이면 무차별적인 폭력이 쏟아졌다.
상대가 무공을 익힌 무림인이라는 두려움이 그런 과민 반응을 보이게 만들었던 것이다.
매일같이 수십 명이 잡혀 들어오고, 치도곤을 당한 상태에서 풀려났다.

 그나마 개방 총타에 소속된 걸개들이 모두 세영의 경호를 위해 의원 주변에 몰려 있던 덕에 횡액을 벗어난 것이 다행이라 여겨질 정도였다.

 그렇게 일진광풍 같은 잔당 토벌 작전이 아무런 성과도 없이 무고한 백성만 수십 명씩 때려잡고 지나갔다.

※   ※   ※

 백도맹은 쏟아지는 정보를 분류하는 데 진땀을 흘렸다.

 먼 곳도 아니고 지척인 개봉에서 벌어진 일이었다. 가까운 만큼 정보의 양은 감당할 수 없을 만큼 많이 쏟아졌다.

 백도맹의 정보축인 개방과 궁가방, 두 기둥이 빠진 상태에서도 이렇게 많은 정보가 들어올 수 있다는 것이 놀라울 지경이었다.

 "이걸 믿어야 하는지 확신이 서지 않습니다."

 정보를 다루는 부군사가 그 말과 함께 내놓는 보고서를 받아 든 이는 백도맹의 군사인 제갈기진이었다.

 그가 의외란 표정으로 물었다.

 "무슨 일이기에 부군사가 그런 말을 다 하는가?"

 "일단 보시지요."

 부군사의 청에 제갈기진이 보고서를 읽어 내려갔다.

"흐음……."
절로 침음이 흘렀다.
관인이 마도의 문파 두 곳을 무릎 꿇린 것도 모자라 개방을 습격하고 궁가방의 공격을 버텨 냈다.
그 과정에서 궁가방이 입은 손실은 그로서도 믿기지 않는 것이었다.
"어찌… 보십니까?"
부군사의 물음에 제갈기진이 보고서에서 시선을 뗐다.
"확인은 한 것인가?"
"개방과 궁가방 두 곳에 확인을 요청하는 전서를 보냈사온데……."
"한데?"
"할 말이 없다는 답만 돌아왔습니다."
"할 말이 없다?"
"예."
아니란 부정이 없으니 긍정이나 마찬가지다. 한데, 왜 굳이 할 말이 없다는 답신이란 말인가?
"이번 일의 속내를 좀 캐 보게."
"속내를요?"
"그러하네. 우리가 쥔 정보는 모두 겉으로 드러난 것뿐일세. 하니 이 일들이 왜, 어떤 이유로 벌어진 것인지 그 속내를 파 보란 말일세."

"하오나 개방과 궁가방이 움직이지 않는 현 상황에서 그리하려면 우리 측에서 사람을 내보내야 합니다. 자칫 그 일이 문제가 되진 않을지……?"

백도맹은 정파의 연합체다. 당연히 백도맹이 인원을 움직이면 마도의 연합체인 마련(魔聯)도 반응을 보이기 마련이다.

그 과정에서 만에 하나 마찰이라도 빚어진다면 사태는 걷잡을 수 없이 커질 수도 있었다.

"우리 측 사람이 아니면서 그만한 일을 해낼 수 있는 이가 없겠는가?"

"정보 계통에서 그만한 능력을 가지고서도 혼자 움직이는 이라면 귀서(鬼鼠) 외에는……."

귀서, 귀신 쥐라는 이름에서 알 수 있듯이 침투에 능한 자이다.

웃긴 건 정파고 마도고 간에 이 귀서란 인물의 정체를 전혀 알지 못한다는 것이었다. 본명도, 나이도, 심지어 성별까지도.

"귀서라면 정파보다는 마도에 더 가까운 인물이 아닌가?"

"그렇다곤 하나 분명 정사지간의 인물이니 상관은 없지 않겠습니까? 더구나 이번 일은 마련에서도 파악하고 있는 일일 터, 굳이 숨길 이유도 없으니 기밀성이 문제되지도 않을 것입니다."

"그야 그렇겠지만……."
"어찌… 하올까요?"
부군사의 물음에 잠시 생각을 가다듬은 제갈기진의 고개가 끄덕여졌다.
"그리하시게. 단!"
"하명하시지요."
"개방과 궁가방의 비위를 건드리지 않는 선에서 진행해야 할 것일세."
"그리 주의를 주겠습니다."
"그럼 진행하게."
"예, 군사님."

백도맹 군사전의 결정이 내려지던 시기, 또 다른 곳에서도 같은 일이 거론되고 있었다.
온통 칠흑처럼 검은색으로 도배된 대전, 요사스런 느낌을 풍기는 화로에서 불길이 타올랐다.
"만마의 지존이시여."
대전을 잘게 떨어 울리는 소리에 깊은 어둠의 그늘에 놓인 태사의에서 붉은 광채 2개가 떠올랐다.
"무슨 일인가?"
지저, 죽은 이들의 땅에서 울려 나오는 듯 모골이 송연해지는 음성에 대전 한복판에 엎드린 사내가 답했다.

"개봉에서 문제가 생겼나이다."
"문제?"
"천강문이 곤란을 겪고, 뇌마의 뇌령문이 웃음거리가 되었나이다."
"백도맹, 그 고삐 풀린 망아지들의 소행인가?"
"그들이 아니오라… 황망히도 관부의 소행이라 하옵니다."
"관부?"
 물어 오는 음성에 처음으로 감정이 들어섰다.
"그러하옵니다, 련주."
"관부가 왜?"
"그것까지는… 하여 귀화(鬼火)를 움직이고자 하옵니다. 재가하여 주시옵소서."
 마련 최고의 침투 조직이 귀화다. 이들은 정보의 수집만이 아니라 정보 조작, 기물 절도에 요인 암살까지 가능한 이들이었다.
"크크크, 모처럼 백도맹 놈들의 엉덩짝이 뜨거워지겠구나. 그리하라."
 마련주의 허락에 대전에 엎드려 있던 사내, 군사인 마뇌(魔腦)가 넙죽 엎드렸다.
"만마앙복!"
 마뇌의 우렁찬 외침이 마련주의 대전인 만마전을 떨어

울렸다.

❀   ❀   ❀

모란각주인 이협은 기녀로 일하겠다며 찾아온 여인으로 인해 곤란한 표정을 지었다.
"이곳이 아무리 홍루라곤 하나 손도 대지 않는 것이 조건이라니, 너무하지 않나?"
"절개, 그것을 표상으로 하는 기녀가 되고 싶은 것입니다."
"허허, 이것 참……."
이미 그런 기녀를 셋씩이나 보유한 모란각이었다.

물론 그녀들 때문에 손해를 보고 있다든가, 찾아온 여인의 외모가 평범했다면 이렇게 갈등하지도 않았을 것이다.
"정히 그래야만 하는 겐가?"
"이곳에 이미 그런 기녀가 있다 하여 찾아온 것이었는데… 아니 되신다면 다른 곳으로……."
"아, 아닐세, 아니야. 내 아쉬워서 해 본 말일세. 하면 원하는 대로 해 주겠네."

다른 곳으로 놓치느니 잡는 것이 이득이라 생각한 이협이 두 손을 들었다.

그렇게 초련(初戀)이라 불리게 되는 기녀가 모란각에 들어앉았다.

 이화루주는 어이없는 시선으로 자신을 찾아온 이를 바라보았다.
 "점…소이를 하겠다고?"
 "예."
 "아니, 왜?"
 "그게 적성에 맞습니다."
 "갖은 굳은 일을 다 도맡아 하는 점소이가 적성에 맞는다는 말인가?"
 "예."
 상대의 답에 이화루주는 이해할 수 없다는 표정으로 고개를 절레절레 저었다.
 그도 그럴 수밖에 없는 것이 점소이를 하겠다며 찾아온 이는 양귀비가 울고 갈 정도의 미색을 갖춘 여인이었기 때문이다.
 "적성이라……. 도대체 어떤 적성이 맞는다는 말인가?"
 "사람들과 대화를 하는 게 좋거든요."
 "대화라……? 가만 그러면 소저, 마담(碼談)이라는 것을 해 볼 생각이 없나?"
 "마담… 이요?"
 "요사이 향락의 도시라 불리는 항주에서 새로 생겨난 직종인데, 손님들과 술값을 흥정하거나 대화를 나누는 직업일세."

이화루주의 말대로 항주에선 최고의 인기를 구가하는 직업이었다.

단지 미모의 여인과 이야기만 나누는 것임에도 사내들이 구름같이 몰려들었다.

원인에 대해선 여러 가지 해석이 존재했지만, 가장 크게 지지받는 해석은 기루에 갈 만한 형편이 못 되는 사내들이 아름다운 여인과 말이라도 섞어 보려고 들기 때문이라는 것이었다.

"대화만 나누면 되는 건가요?"

여인의 의문이 어디에 집중되어 있는 것인지 얼른 알아차린 이화루주가 고개를 크게 끄덕였다.

"암! 여기가 기루도 아니고, 대화만 나누면 되네. 신체 접촉은 금지. 무슨 뜻인지 알 거라 생각하네."

이화루주의 말에 잠시 무언가를 생각하던 여인이 고개를 끄덕였다.

"좋아요, 해 보죠."

"으하하하! 잘한 결정일세. 암! 잘한 게지. 아무렴 점소이보다야 백배 천배 나은 일일세."

실제로 그런지 아닌지는 중요한 것이 아니었다.

이화루주의 입장에선 자신의 소득을 올려 줄 '거리'가 생졌다는 것이 중요했으니까.

 그렇게 개봉 최대의 주루인 이화루에 관화(觀花)란 이름의 여인이 마담으로 취직했다.

❀   ❀   ❀

 한차례 피바람이 휩쓸고 지나간 좌포청은 천천히 평온을 회복했다.

 대대적인 검문이 끝났다지만 여전히 개봉에선 걸인이나 허름한 복장을 한 이들이 움직일 경우 검문을 피할 수 없었다.

 그런 상황에서 궁가방은 죽어 간 이들의 복수를 위해 다시 제자들을 파견할 수 없었다.

 거기다 후개가 무사히 풀려난 이래로 궁가방이 복수의 칼을 갈아야 할 명분조차 취약해졌다.

 그럼에도 불구하고 궁가방이 미약하게나마 목소리를 낼 수 있는 이유를 들자면 광염개가 아직 개봉에 붙잡혀 있다는 것이었다.

 하지만 그는 투옥되어 있다기보다는 치료를 위해 의원에 남아 있는 것에 더 가깝다는 것이 문제였다.

 "치료가 끝났습니다. 아직 뼈가 붙은 지 얼마 되지 않았으니 무공을 사용하는 것은 어렵겠으나 일상적인 움직임은 상관없을 겝니다."

도향교의 변이라 불리는 사건이 있었던 날로부터 보름이 지난 시점이었다.

자신을 찾는다는 말에 찾아간 세영에게 의원이 한 말이었다.

물끄러미 바라보는 세영의 시선을 광염개는 똑바로 바라보지 못했다.

그런 광염개에게서 시선을 돌린 세영이 자신의 옆에서 안절부절 못하는 개방 방주에게 말했다.

"데려가시우."

"그, 그래도 되겠는가?"

반색을 하는 방주에게 세영이 고개를 끄덕여 보였다.

"아직 완쾌하진 못했지만 이축도 얼추 몸을 추스른 상태이니 보내 주리다. 하나, 다음에 또 도발한다면 그땐……."

"그땐 저놈의 목을 내 손으로 분질러 놓겠네. 내 약속함세."

방주의 말에 세영이 고개를 끄덕였다.

"노형님의 말을 믿어 보리다."

"고맙네, 고마워."

방주는 몇 번씩이나 고개를 숙여 보이며 광염개를 데리고 사라졌다.

방주와 광염개가 의원에서 나가자 세영이 이축이 입원해

있는 방을 찾았다.

"어! 포교님, 아침에 오셔 놓고 왜 또 오셨어요?"

말은 그렇게 해도 얼굴엔 반가워하는 기색이 역력했다. 그런 이축에게 세영이 미안한 얼굴로 말했다.

"광염개… 풀어 주었다."

잠시 멈칫거렸던 이축이 고개를 끄덕였다.

"잘하셨어요. 무림인들과 원한을 맺는 것은 좋지 않지요."

"미안… 하다."

세영의 말에 이축이 고개를 저었다.

"그런 말씀 마세요. 보름 전에 어떤 일이 있었는지 다 아는데……. 그리고 이건 노파심으로 드리는 말씀입니다만, 다신 그런 일을 벌이셔선 안 됩니다."

이축의 걱정에 세영이 희미하게 웃었다.

"알았다."

"그럼 되었습니다. 이제 몸도 거의 다 나았고, 며칠 있으면 퇴원도 가능하다니 그만 제 일은 마음에서 털어 버리세요."

이축의 말에 세영이 다시 웃었다.

"노력해 보마."

"포교님도 참……."

답답하다는 듯이 웃는 이축에게 세영이 그간 묻어 놓았

던 물음을 던졌다.
"한데, 이축."
"예."
"그날, 왜 그런 거냐?"
"무엇을 말입니까?"
의아한 표정으로 묻는 이축에게 세영이 물었다.
"그날, 내가 당하던 날… 왜 뛰어든 거냐?"
비로소 무엇을 묻는지 알아차린 이축이 피식 웃었다.
"저도 잘 몰라요. 눈에 뭐가 씌었는지. 그냥 그때 서당 다니게 됐다며 깡충깡충 뛰던 우리 아들내미 얼굴이 떠올랐던 것 밖에는……."
"아들이 있었나?"
무심한 세영의 물음에 이축이 피식 웃었다.
"이봐, 이봐, 이렇게 무심한 양반이 무에 좋다고……. 예, 없는 살림 탓에 뒤늦게 장가를 가서 이제 여덟 살짜리 아들놈이 하나 있습죠."
이축의 나이는 마흔에 가까웠다.
정확한 나이가 확실하게 기억나진 않지만 아마 서른여덟이었나, 아홉이었나 그랬다.
"귀엽겠군."
"한창 말썽 부릴 나이라 귀엽기만 한 건 아닙니다만……. 하하, 녀석만 생각하면 입가에 절로 웃음이 깃들긴 합죠."

지금도 아들을 생각하는지 헤벌쭉 웃는 이축에게 세영이 물었다.

"한데, 그 아이가 서당을 다니게 된 것과 내가 무슨 상관이라고?"

"엥! 모르셨습니까?"

"뭘?"

"전에 뇌마와 무림인들 풀어 줄 때 어마어마한 돈이 풀렸습니다. 저흰 박 포교님께서 푸신 돈인 줄 알았는뎁쇼."

나 포두에게 건넨 돈을 말하는 모양이었다.

하긴 살막의 자객들을 풀어 줄 때 건넸던 금 열 관을 포령과 포두, 그리고 포교들끼리만 나눠 먹었기에 이번엔 포쾌나 정용들에게도 좀 나눠 주라고 못을 박긴 했었다.

"그 이야기로군. 하지만 그다지 많이 돌아가진 않았던 것으로 아는데."

실제로 그랬다.

못을 박았음에도 포쾌와 정용들에게 풀린 돈은 겨우 금자 30냥 정도였다.

나 포두에게 건넨 전표가 금자 3천 냥짜리였던 것을 감안한다면, 그리고 그 돈이 좌포청에서만 분배된 것을 감안한다면 여전히 위에서 너무 많은 욕심을 부린 것이다.

"그래도 애 서당 보내고, 노모 병 수발들고, 집수리하고, 딸내미 옷 사 주는 것엔 충분했습죠."

"자네, 노모도 계시는가?"

"아! 제가 아니라 다른 이들 말입니다. 그리고 얼마 전에도 돈을 푸셨지 않습니까? 그걸로 저도 집수리를 했습니다. 한쪽 기둥이 기울어서 조마조마했었는데 이젠 식구들이 편하게 발 뻗고 잡니다요."

기루와 주루들에서 정기적으로 상납받기로 하고 처음으로 받은 돈을 말하는 모양이었다.

그때도 우포청으로 백 냥 보내고, 나 포두에게도 백 냥을 건넸었다.

아마 그 돈에서도 일부를 받았던 모양이었다.

괜히 3백 냥을 꿀꺽했던 자신이 미안해지는 세영이었다. 물론 그렇게 차지한 돈은 모두 살막으로 향했지만······.

"그랬던가?"

"예, 저희도 압니다요. 나 포두께 저희에게 꼭 나눠 주라 말씀하셨었다면서요? 아니었으면 이전처럼 술이나 먹으라며 철전 몇 닢으로 끝났을 겝니다. 하지만 박 포교님께서 그리 말씀해 주신 덕에 어려움들을 해결할 수 있었습죠. 그 일로 좌포청의 포쾌들과 정용들이 박 포교님께 감사해 하고 있습니다."

이축의 말에 세영이 겸연쩍은 표정으로 물었다.

"내 이건 그냥 묻는 말이네만, 원래 포청에 있으면 뒷돈도 좀 받고 그런 것으로 알았는데, 아니었나?"

세영의 물음이 무엇을 말하는지 알아들은 이축이 미소를 그렸다.

"그야 우포청의 포쾌들은 그렇지요. 정용들이야 포쾌들 무서워서 감히 그럴 엄두도 못 내겠지만 말입니다."

"하면 좌포청은 아니고?"

"저희야 뒷돈 생길 일이 무에 있겠습니까? 무림인들이 우릴 무서워하는 것도 아니고, 남송의 잔당 토벌이야, 말만 떠들었지 서른 조금 넘는 인원으로 손을 댈 수 있는 것도 아닌 것을요."

이축의 말에 고개를 끄덕이던 세영은 더 쉬라는 말을 남겨 놓고 의원을 나섰다.

아무 생각 없이, 자신의 일을 위해 움직인 과정에서 떨어진 고물이 그런 효과를 내리라곤 생각도 못했었다.

덕분에 개같이 벌어서 정승같이 쓰라던 말까진 아니어도, 더러워진 손을 조금이나마 덜 부끄럽게 만들 수는 있을 듯도 싶었다.

그렇게 세영의 인생에서 가장 큰 변화가 완연히 겨울로 들어서는 12월의 개봉에서 이루어지고 있었다.

제23장
새로운 도전

개봉은 다시금 활기를 되찾았다.

남송 잔당 토벌을 이유로 벌어졌던 일제 검거 기간이 지나자 언제 소란스러웠었냐 싶게 활력이 넘쳐 난 것이다.

무림인들의 통행도 이전처럼 늘어났다. 무기에 대한 규제가 사실상 철폐된 까닭이다.

천강문의 무인들도 다시금 무기를 소지하고 외출했다. 아직은 좌포청의 관복만 보면 움츠러드는 경향이 남아 있었지만 크게 도드라지는 것은 아니었다.

그런 상황에서 좌포청에 변화가 생겼다.

책임자인 포령을 제외한 포두와 포교들이 일제히 우포청으로 자리를 옮긴 것이다.

그러기 위해서 얼마나 많은 돈을 뿌렸을지 수군거리는 이들이 적지 않았지만, 어쨌건 그들은 옮겨 갔다.

최근에 큰돈이 생긴 데다 위험이 날로 증가하는 좌포청에 붙어 있고 싶어 하지 않았던 것이다.

앞으로도 적지 않은 돈을 챙길 수 있을 거란 예상조차 그 위험을 상쇄시키진 못했던 것이다.

한데, 그렇게 비워진 자리로는 아무도 오지 않았다.

예전부터 좌포청으로 오려는 이들이 없었던 것을 감안하면 별로 특이한 일도 아니었지만 그렇게 되자 좌포청은 기형적인 형태가 되어 버렸다.

포령 아래에 곧바로 포교 한 명만 존재하게 된 것이다.

"이거 참……."

좌포청의 책임자인 포령, 수부타이는 세영을 앉혀 놓고 곤혹스런 표정을 감추지 못했다.

"이거, 일이 묘하게 되었네."

"그러게 말입니다."

세영의 답에 포령이 말을 이었다.

"이렇게 된 이상 어쩔 수 없이 우리끼리 일을 처리해 나가야 할 듯하네."

"예."

"그래, 새로 관심을 갖는 일은 없고?"

자신의 물음에 세영이 의아한 시선으로 바라보자 포령이

황급히 말을 이었다.

"아! 그렇다고 새로운 일을 만들라는 소리는 아닐세. 가능한 좀 조용히 지내 보자는 뜻이지."

포령의 말에 세영이 작게 미소 지었다.

"알겠습니다."

"그래, 조용히… 적당히 가세."

걱정밖에 남지 않은 듯한 포령의 집무실에서 물러 나온 세영을 기륭이 맞았다.

"애들 집합시켜 놓았습니다."

매월의 첫날은 포쾌와 정용들을 집합시켜 놓고 간단한 훈시를 겸한 점호가 있었다.

기륭이 그것에 대한 준비가 끝났음을 보고한 것이다.

"그래, 가 보자."

세영이 움직이자 그 뒤를 기륭이 따랐다.

그다지 넓지 않은 좌포청 마당이 꽉 찼다.

서른에 불과한 이들이지만 그들이 벌려 서자 생각 외로 든든해 보였다.

그들 속에서 며칠 전에 복귀한 이축을 발견한 세영이 미소를 지었다.

"자- 이제 완연한 겨울이다. 춥다고 움츠리지 말고 순찰에 만전을 기해라. 눈길에 사고가 일어나지 않도록 주의도 하고."

"엡!"

포쾌와 정용들의 함성이 유난히 우렁찼다.

세영은 그 이유를 어렵지 않게 짐작할 수 있었다. 며칠 전에 상납받은 금액의 분배가 있었다.

우포청으로 백 냥이 건너간 것도 이전 달과 같았고, 좌포청에 풀어진 돈도 백 냥으로 동일했다.

하지만 그 백 냥 중 쉰 냥을 포령에게 바치고, 나머지 쉰 냥을 포쾌와 정용들에게 풀었다.

10명의 포쾌에겐 1인당 금자 2냥, 스물인 정용들에겐 1인당 금자 1냥씩이 돌아갔다.

물론 나머지 금자 10냥은 세영의 주머니로 들어왔다.

그래도 포쾌와 정용들에겐 어마어마한 거금이었다.

중간에서 그 돈의 대부분을 차지할 포두와 포교들이 사라진 덕에 누리는 호사였다.

이유가 어쨌건 사기가 올랐다는 것은 좋은 일이었다.

피식 웃은 세영이 명했다.

"해산."

세영의 말을 정식으로 포정에 임명된 기륭이 받았다.

"해산하랍신다!"

기륭의 외침에 포쾌와 정용들이 흩어졌다.

일부는 포반에 남을 것이고, 나머지는 귀가할 것이다. 서른의 인원이 삼교대로 돌아가며 근무하기 때문이었다.

세영도 자신의 집무실로 들어갔다.
　그렇게 평온한 일상이 시작되는 듯싶었다. 점심시간을 얼마 남겨 놓지 않은 시점에 포령이 부를 때 까지는.
　"찾으셨습니까?"
　세영의 물음에 수부타이가 그의 앞으로 서찰 하나를 내밀었다.
　"이게 무엇입니까?"
　"우포청에서 온 협조 공문일세. 일단 보게."
　포령의 말에 서찰을 든 세영이 그것을 읽었다.
　"흑도 토벌이요?"
　"요사이 개봉의 상권이 나날이 커져 가면서 흑도들이 늘어난 모양일세. 그 때문에 그에 대한 집중 단속이 실시될 모양이야."
　"한데, 왜……? 그런 일은 원래 우포청의 담당이 아닙니까?"
　"물론 그렇지. 한데, 문제가 생겼어."
　"무슨……?"
　의아하게 묻는 세영에게 포령이 서찰 하나를 더 내밀었다.
　"우포청의 포령에게서 내게 별도로 온 서찰일세. 읽어 보게."

〈좌포청 포령 친전.

금번 흑도 집중 단속에 즈음하여 협조를 청하게 되었기에 이렇게 서찰을 쓰오이다. 협조를 구하는 이유는 요사이 가장 큰 패악을 떠는 흑도 방파가 천강문이 세워진 자성로(慈聖路) 북단에 꼬리를 말고 있기에 그 토벌을 좌포청이 맡아 주길 바라는 때문이오.

자고로 무림 문파와 연관된 일은 좌포청의 소관이니 아예 관련이 없다 할 순 없을 터, 긴한 협조를 당부하오이다.

우포청 포령 배상.〉

서찰을 모두 읽은 세영이 미간에 주름을 잡았다.

"그러니까 천강문 인근에 자리를 잡은 흑도를 우리보고 잡아들이라는 말이군요."

"그렇지. 아무래도 천강문의 영역에 발을 들여놓자니 겁이 나는 모양일세."

세영으로 인해 한차례 곤혹을 치렀다지만 개봉에선 법이라 통용되던 이들이다.

그게 하루아침에 무너질 리도 없고 보면 여전히 천강문은 개봉에선 무소불위의 존재였다.

아무리 우포청의 관리라도 건드릴 수 없을 만큼 말이다.

"하면 어찌… 제가 가 볼까요?"

"아, 아닐세. 자넨 좌포청에 있고, 포쾌 하나에 정용 몇을

딸려 보내게. 그 정도면 될게야."

포령은 세영이 나가서 또다시 사고라도 칠까 두려운 모양이었다.

"정말 그 정도로 되겠습니까?"

의아해하는 세영에게 포령이 답했다.

"토벌이라 해도 완전히 뿌리를 뽑는 것은 아닐세. 애써 뽑아 봐야 다시 자라는 잡초처럼 금세 다른 놈이 차고 들어오니까. 그저 경고를 주고 패악질을 누그러트리는 정도지."

비슷한 이야기를 고려에서 아버지에게 들은 기억이 있었다. 세상일이란 게 어디나 비슷한 모양이었다.

"알겠습니다. 하면 명하신 대로 처리하겠습니다."

"그리하게. 단, 정말로 자네가 나서선 아니 되네."

다시 한 번 못을 박는 포령에게 세영은 쓴웃음을 지어 보였다.

"알겠습니다."

지난 도향교의 변 이후, 포령은 세영의 행동을 자제시키기로 굳게 결심한 사람처럼 움직였다.

그 걱정이 누구를 위한 것인지는 몰라도 충분히 걱정시킬 만한 일이었다는 것을 알기에 크게 반발하고 싶은 마음도 없었다.

순순히 고개를 끄덕이는 세영에게 포령이 손을 저어 보였다.

"하면 나가서 일을 보게."
"예, 포령."
포령의 집무실에서 나온 세영은 곧바로 기룡을 불렀다.
"찾으셨습니까, 포교님?"
"일이 생겼다."
세영의 말에 기룡의 얼굴이 굳었다.
"이거 참… 내가 꽤나 거친 일들을 벌이긴 한 모양이로군."
세영의 쓴웃음에 기룡이 겸연쩍은 표정을 지었다.
"소, 송구합니다."
"송구는 나중에 쓰고, 애들 몇 데리고 가서 해결할 일이 있어."
"하명하십시오."
기룡의 말에 세영은 포령이 내준 서찰을 기룡에게 내밀었다.
"우포청에서 흑도 토벌에 협조 공문을 보내왔다."
"흑도 토벌은 우포청의 일인뎁쇼?"
자신과 똑같은 질문을 던지는 기룡에게 세영이 피식 웃어보였다.
"그렇게 말이다. 한데, 흑도 애들 중 하나가 천강문 옆에 붙은 모양이다."
좌포청 최고 고참이라더니 그 말만으로도 기룡은 저간의 사정을 꿰뚫어 본 모양이었다.

"그럼 그놈들한테 가서 적당히 겁을 주면 되는 겁니까?"
"그래, 내가 나가 볼까도 했었는데……."
"아아, 아닙니다. 박 포교님은 그냥 좌포청에 계시는 것이 좋겠습니다."

뒷말을 듣지도 않고 손사래를 치는 기름을 보며 세영은 다시 한 번 쓴웃음을 지어야 했다.

"포령께서도 그리 말씀하시더군. 하니 자네가 알아서 잘 처리하게."

"예, 포교님!"

크게 답한 기름이 나가자 세영은 이전엔 나 포두가 처리하던 좌포청의 행정 업무에 관한 서류를 해결하는 데 매달렸다.

한창 손에 익지 않은 서류와의 씨름에 전전긍긍하던 세영이 고개를 들었다. 갑자기 밖이 소란스러워진 탓이다.

자리에서 일어난 세영이 문을 열고 나섰다.

"빨리 부목 가져와! 어이, 거기! 의원 부르고."

포쾌와 정용들이 분주하게 움직이는 가운데 부상을 입은 이들이 좌포청 마당 이곳저곳에 널브러져 있었다.

"무슨 일이야!"

놀란 세영이 다가오자 당황한 이축이 앞을 가로막으며 고개를 저었다.

"벼, 별일 아닙니다."

"별일 아니긴? 어디서들 다친 거야?"

이축을 밀치고 나선 세영은 거의 스물에 가까운 포쾌와 정용들이 이곳저곳에 널브러진 채 끙끙거리는 것을 보았다.

"이축!"

세영의 부름에 이축이 당황스런 음성으로 복명했다.

"옙, 포교님."

"어찌 된 일이야?"

"그게… 정말 별일 아닙니다. 저희가 알아서 할 테니 못 본 척해 주십시오."

그 말에 세영이 이축의 표정을 살폈다.

어디 다른 관부의 인사들과 패싸움이라도 벌이다 다친 상처라면 나서지 않는 것이 옳다.

하지만 이축의 얼굴에 어린 표정엔 분노보다 두려움이 컸다.

그것에 묻지 않을 수 없었다.

"말해. 이건 명령이야."

"포, 포교님."

좀처럼 입을 열 것 같지 않자 세영이 다른 이를 불렀다.

"기륭!"

그 외침에 기륭은 답이 없었다. 아니, 답만 없는 것이 아니라 아예 모습을 나타내지도 않았다.

"기륭은 어디 갔나?"

세영의 물음에 이축의 얼굴에 어린 당황감이 더 커졌다. 그건 이축만이 아니다.

세영의 시선을 받은 포쾌와 정용들도 당황한 표정으로 황급히 고개를 숙였다.

무언가 심각한 일이 생겼다는 직감이 세영을 두드렸다.

"이축, 기륭 어디에 있나?"

"그, 그게……."

주저하는 이축의 음성이 잘게 떨리고 있었다.

❀　　❀　　❀

한달음에 달려온 의원에 기륭이 누워 있었다.

"어깨의 상처가 너무 깊었습니다. 천만 다행으로 팔이 잘려 나가는 횡액은 면했습니다만, 한 달은 족히 정양을 해야 할 겁니다."

마침 기륭을 치료하고 나서던 의원의 말에 세영의 시선이 헐레벌떡 그를 따라온 이축에게 향했다.

"어찌 된 일인지 소상히 말해!"

평소와 다른 세영의 차가운 음성에 이축은 잔뜩 움츠러든 채 설명을 시작했다.

세영의 명을 받은 기륭은 포반에서 대기 중이던 3명의 정용을 데리고 자성로를 걸었다.

중간중간 천강문의 무인들과 마주쳤지만 검은 옷에 붉은 도포를 입은 좌포청의 관복을 알아본 그들은 자신들의 권역에 들어온 기륭의 앞을 가로막진 않았다.

그렇게 무사히 천강문의 권역에 들어선 기륭과 정용들은 천강문과 불과 2백여 보 정도 떨어진 곳에 당당히 자리 잡은 장원으로 향했다.

쾅쾅쾅!

문을 두드리자 얼굴을 길게 가로지르는 자상을 드러낸 거한이 모습을 보였다.

"뭔데 감히 자성파의 문을 두드리고 지랄이야!"

버젓이 좌포청의 관복을 보고서도 강짜를 부리는 거한에게 기륭이 혀를 찼다.

"쯧, 좌포청에서 나왔네. 가서 두령을 좀 보잔다고 전해 주게."

이쪽이 포청의 관인이고 저쪽이 뒷골목 폭력배라고 함부로 대했다간 어느 날, 어떻게 가는지도 모르고 황천길로 떠나는 경우가 있었다.

그 탓에 적당한 선을 지키는 것이 포청 관원들의 불문율이었다.

물론 그들을 상대하는 폭력배들도 마찬가지다. 포청의 관원들이 적당히 대해 오는 만큼 선을 넘지 않는 것도 그들의 불문율이었으니까.

하지만 자신들을 자성파라 칭한 자들은 생각이 달랐던 모양이다.

"거 모가지 부러지기 전에 돌아가라."

쾅-

그 말만 남겨 둔 거한은 문을 거칠게 닫아 버렸다.

상대의 행동에 기륭이 어이없는 표정이 되었다. 아무리 서로 간의 불문율이 존재한다지만 그것도 함께 존중할 때의 이야기였다.

쾅쾅쾅!

다시 문을 두드리자 모습을 드러낸 거한이 벌컥 화를 내었다.

"이 잡것들을 그냥!"

이를 드러내고 으르렁거리는 거한을 바라보며 기륭이 명했다.

"쳐라!"

"옙!"

크게 답한 정용 셋이 육모방망이를 들고 튀어 나갔다.

퍽퍽퍽퍽퍽!

곧바로 요란한 소리를 내며 쏟아진 육모방망이 세례에 거한이 거꾸러졌다.

머리고, 어깨고, 가슴이고 가리지 않는 방망이찜질은 아무리 7척에 달하는 거구도 당해 낼 수 없었다.

그렇게 문을 지키는 왈패를 박살 낸 기륭이 정용들을 이끌고 안으로 들어섰다.

그 모습을 지켜보던 왈패들도 곧바로 반응했다. 10여 명도 넘는 왈패들이 쏟아져 나온 것이다.

하지만 그뿐이다. 포청의 관인에게 손을 댔다간 어떤 일이 벌어질지 가장 잘 아는 것도 바로 흑도라 칭해지는 왈패 패거리였기 때문이다.

"썩 네놈들 두령을 나오라 하지 못할까!"

기륭의 고함에 왈패들이 저마다 눈치를 보는 가운데 다부진 체격의 사내가 천천히 걸어 나왔다.

"이거 좌포청이 요새 이름 좀 날린다더니만, 아주 기고만장하구만그래."

"네놈이 이 패거리의 두령이더냐?"

기륭의 물음에 사내가 피식 웃었다.

"패거리라… 이거 태상께서 들으시면 눈물이 찔끔거릴 정도로 웃으시겠어. 얘들아, 우리가 누구냐?"

"자성파입니다!"

왈패들의 커다란 외침에 사내가 어깨를 으쓱여 보였다.

"들었나? 무당파, 화산파, 아미파, 자성파. 뭔 소린 줄 알겠어?"

"이런 미친!"

이 자리에 다른 이들이 있었다고 해도 기륭과 같은 반응이었을 것이다.

하지만 당사자의 생각은 달랐던 모양이다.

"이거, 이거, 말로 가르쳐선 안 될 모양이로구만. 얘들아, 잘 가르쳐서 보내 드려라."

그 말을 남겨 두고 사내가 돌아서는 순간 누군가의 입에서 고함이 튀어나왔다.

"조져!"

포쾌와 정용에 임용되면 3개월간 인근 군영에 차려진 훈련소에서 기초 군사훈련을 받는다. 이때 집중적으로 가르치는 것은 단봉술이다. 포청 관인들의 무장이 작달막한 육모방망이이기 때문이다.

비록 3개월에 불과하다지만 정식으로 무술을 배운 것이다. 거기다 각 포청에 배속되어서도 훈련은 지속된다.

그러니 짧게는 2, 3년, 길게는 십수 년씩 포청에서 일한 이들의 단봉술은 상당한 경지를 보인다.

그 덕에 제대로 된 포쾌와 정용들이라면 정확한 기준은 아니지만 일반적인 왈패 서너 명쯤은 간단히 찜 쪄 먹을 만한 기량은 된다.

한데, 그런 이들이 속수무책으로 당했다.

그들을 두드리는 왈패들의 움직임이 마구잡이가 아니었

기 때문이다.

개중엔 분명 무공이라 부를 만한 움직임들이 섞여 있었던 것이다.

깨지고 부러지고, 짓이겨진 기륭과 세 정용이 좌포청 문 앞에서 발견된 것은 외부에서 점심을 해결하고 들어오던 포쾌에 의해서였다.

이내 비상이 걸리고, 기륭과 정용들을 의원으로 옮긴 좌포청의 포쾌와 정용들이 소집되었다.

마침 다른 일로 자리를 비웠던 이축과 몇몇 정용들을 제외한 모든 좌포청의 관인들이 모여들었다.

"감히 포청의 관인을 욕보였다. 응징하러 간다!"

포쾌 서열 2위인 구열의 결정에 모여 있던 모든 포쾌와 정용들이 따랐다.

하지만 그들의 응징은 제대로 이루어지지 않았다. 아니, 오히려 피해자의 수만 늘려 놓고 말았던 것이다.

이축으로부터 저간의 사정을 모두 들은 세영이 일어서는 것을 언제 깨어났던지 정신을 차린 기륭이 잡았다.

"아, 안됩니다."

"기륭!"

놀라는 세영에게 기륭이 힘겹게 말했다.

"이번엔… 안 됩니다."

"하지만……."

"매번 일을 크게 만들면… 버텨 내지 못합니다."

힘겹게 고개를 젓는 기륭의 손을 뿌리치고 뛰어나갈 수 없었다.

버텨 내지 못한다는 말이 두려웠던 건 아니다. 사부가 그만한 자신이 없을 정도로 키우진 않았다.

그럼에도 나서지 못한 것은 자신이 아니라 주변 사람들을 걱정한 때문이었다.

이전의 궁가방의 습격만 보아도 그랬다.

자신이 미리 대비하여 포령을 협박까지 해서 관원들을 모두 내보내지 않았다면 무고한 포청의 관원들이 희생되었을 수도 있는 일이었다.

그런 일을 자신의 객기만으로 다시 만들 수는 없었던 것이다.

세영이 주저앉자 안도했던지 기륭은 다시 정신을 놓았다. 그런 기륭을 한참 동안 바라보던 세영이 좌포청으로 돌아온 것은 달이 뜬 야밤이었다.

자신의 부름에 한달음에 달려온 막야에게 세영이 말했다.

"놈들에 대한 정보를 알아봐."

세영의 말에 막야가 조심스럽게 답했다.

"놈들에 대해선 어느 정도 정보가 파악되어 있습니다."

"반가운 소리긴 한데, 어째서?"

"최근에 자성로 북단으로 자리를 옮겼는데 천강문이 가만히 있었기 때문입니다."

"그게 문제가 되나?"

"되죠. 누가 내 집 담 안에 자기 집을 짓겠다는데 가만히 있을 사람은 없는 법이니까요."

막야의 답에 세영이 고개를 끄덕였다.

"대충 무슨 소린 줄은 알겠군. 그래서 얻은 정보가 뭔데?"

"굉마(宏魔)입니다."

"굉마?"

"마도십팔마의 첫째입니다. 마도십팔마 중 유일하게 천하백대고수에 이름을 올리고 있는 자이지요."

좌포청에 자리를 잡은 이후, 세간에 흔히 회자되는 십대고수니 천하백대고수니 하는 말은 자주 들었다.

하지만 그것이 얼마나 강력한 이들에 대한 평가인지 좀처럼 감을 잡을 수 없었던 세영은 묻지 않을 수 없었다.

"강한 놈인가?"

"강하죠. 너무 강해서 살아 있는 동안 결코 마주치고 싶지 않을 정도로요."

부르르 떨며 말하는 막야에게 세영이 물었다.

"하면 십대고수에 들어가는 놈인 모양이지?"

세영의 물음에 막야가 헛웃음을 웃었다.

뇌마를 잡고 개봉의 법이라던 천강문을 무릎 꿇린 데다

개방과 궁가방마저 어쩌지 못했다고 무림이 우스워 보였던 모양인데, 어림없는 소리다.

막말로 살행에 실패한 자신들조차 강북에선 제법 이름깨나 알려진 자객문이지만, 중원 전체로 보면 중간에도 간신히 턱걸이할 정도에 불과했다. 그것도 자객문들만 따졌을 때 말이다.

"무슨 그런 말씀을……. 꽹마는 백대고수의 가장 말단이죠. 가끔은 그의 이름이 빠지고 다른 이가 들어가기도 합니다. 한마디로 백대고수의 언저리란 이야기죠. 하지만 그렇다고 그를 무시하면 큰코다칠 겁니다."

"왜? 듣고 보니 별것도 아닌 것 같은데?"

"큰일 날 말씀을……. 꽹마라면 홀로 천강문을 피바다로 만들 수 있는 작자입니다. 뇌마가 있는 뇌령문도 장담할 수 없죠. 뇌마가 제대로 막지 못한다면 아마 살아남는 자가 없을 겁니다."

막야의 말에 세영이 놀란 표정을 감추지 못했다.

여든에 달하는 궁가방 고수들의 습격을 막는 데 온밤을 꼬박 혈투로 채워야 했던 세영이었다.

한데, 무사의 수가 오백도 넘는다는 뇌령문을 홀로 멸문시킬 정도라면…….

"냉정하게 말해 봐. 나와 놈을 비교한다면?"

세영의 물음에 막야가 곤혹스러운 웃음을 지었다.

"그, 그걸 어떻게 말로······."

자신과 한배를 탄 이가 주저한다.

그럼 결론은 이미 난 것과 진배없었다. 놈이 세영, 자신보다 강한 놈이다.

상대가 굉마라면 함부로 나설 일이 아니라며 두 번, 세 번, 경고한 막야를 돌려보낸 세영은 뜬눈으로 밤을 보냈다.

제24장
멈춰 섰던 강물이 다시 흐르다

 그나마 무사하거나 부상이 얕았던 포쾌와 정용들이 출청했다.
"무, 무슨 일이야?"
 출청하던 이들이 놀란 눈으로 야번조원들에게 물었다.
"나도 몰라. 새벽부터 저러고 계셔."
 좌포청의 포쾌와 정용들이 바라보는 지붕 위에 웃통을 벗은 세영이 가부좌를 틀고 앉아 있었다.
 그날부터 세영의 일과가 변했다. 새벽에 지붕 위에서 참선하고, 아침을 먹은 후엔 좌포청 마당을 끊임없이 움직였다. 점심 식사 후엔 도저히 근원을 알 수 없는 움직임으로 좌포청의 마당을 채우더니, 저녁을 먹은 연후엔 다시 지붕 위에 올라앉았다.

밥 먹고 움직이고, 밥 먹고 움직이고, 그런 날을 보름가량 보내던 세영의 입꼬리가 말려 올라갔다.

'됐어. 심상 고리가 여섯 개가 되었어.'

하산하면서 중단했던 수련이었다.

작은 고개를 목전에 두고 중단되었던 수련은 긴박한 전쟁과 선친과의 해후를 겪으며 완전히 중단되어 있었다.

그것은 얼떨결에 중원으로 와서도 마찬가지였다. 자리를 잡기도 전에 벌어진 무림인들과의 충돌로 수련을 생각할 여유가 없었던 것이다.

하지만 자신을 넘어서는 상대를 마주하자 그간 수련을 중단하고 있었다는 것을 자각했다.

그리고 보름. 작은 언덕 하나를 올라섰다.

사문의 무예인 가람검의 특성상 심상 고리가 6개가 되면 본격적인 동(動)의 단계다.

자신의 의지와 상관없이 주변의 자연지기가 몸을 통과해 지나간다.

그때마다 몸에 쌓인 악기와 혈관에 쌓인 노폐물을 씻어낸다.

적어도 그 상태로 1년, 또는 2년이 지나야 그다음 단계로 나갈 수 있는 준비가 갖춰진다.

사부의 가르침에 따르면 비로소 가람검의 오의로부터 중

간쯤에 발을 디딘 셈이었다.

 심상의 고리가 늘어나면서 섬보도 더 빨라지고, 폭타나 망타의 파괴력도 늘어났다. 끌어 쓸 수 있는 자연지기의 양이 늘어난 까닭이다.

 아쉬운 건 아직도 검술엔 발전이 크지 않다는 것이다.

 가람검의 심상 수련이 한 단계 발전할 때마다 함께 자연적으로 늘어나는 무위에서 유일하게 비켜서 있는 것이 바로 검예였다.

 커다란 깨달음을 얻어야만 발전한다는 검예는 충주 산성 전투 중에 얻은 작은 깨달음으로 성취한 섬검(閃劒)이 유일했다.

 섬검 이후에 도달할 단계로 사부가 열거했던 환검(幻劒)이나 강검(强劒)은 아예 구경조차 못하고 있었던 것이다.

 그래도 꾸욱 쥐어 보는 주먹에 담기는 힘은 이전에 비해 훨씬 강했다.

 '지금이면……?'

 세영의 뇌리로 아직도 의원에서 자리보전하고 누워 있는 기륭과 3명의 정용이 떠올랐다.

 우두둑-

 굳게 쥐어진 주먹에서 강렬한 소리가 울렸다.

❀   ❀   ❀

세영은 처음으로 계획이라는 것을 짰다.

놈을 상대하는 것도 장담할 수 없는데, 수하들까지 감당하기엔 부담스러웠기 때문이다.

그 탓에 굉마란 놈을 밖으로 불러내 1 대 1로 붙어 보기 위한 과정이 필요했던 것이다.

그렇게 짠 계획을 두고 점검 차 머리 좋은 살막주를 불러들였다.

"흐음……."

벌써 이각 째 침음만 흘리고 있는 살막주에게 세영이 물었다.

"어때? 멋지지? 완벽하지?"

세영의 물음에 살막주가 마지못해 고개를 들었다.

"이거, 실행할 생각은 아니시죠?"

"왜?"

"굉마를 불러내는 건 둘째치고, 자성파 애들한테 둘러싸일 가능성이 구 할 이상이니까 그렇죠."

"어디가? 어디가 그런데?"

믿지 못하겠다는 표정의 다그침에 살막주가 세영이 세운 계획의 첫 단계를 지적했다.

"여기, 자성파 문을 두드리고 큰 소리로 웃는다. '푸하하하'하고, 그리고 외친다. '야- 굉마, 내가 무서워서 못 나오지? 애들만 보내고 넌 못 따라오겠지? 왜, 함정이라도 있을까 봐 두렵냐?'라며 미리 마련해 둔 결투 장소로 달려간다. …라는 부분이요."

"그게 어때서? 멋진 격장지계잖아!"

"이거야 원, 이게 어디를 봐서 멋진 격장지곕니까?"

"그, 그럼 뭔데?"

"굉마가 이제 막 강호에 나온 신출내기도 아니고 이런 어설픈 격장지계는 통하지도 않는다고요. 이건 뭐랄까, 그냥 '내가 널 꼬이기 위해 수 쓰는 거야. 그러니까 넌 그냥 있고, 애들만 보내서 날 박살 내 줘.'라고 하는 것과 다를 게 없다고요."

"무, 무슨 그런 말을……."

억울했지만, 인정하기 싫었지만, 살막주의 곁에 앉은 막야까지 어이없는 표정으로 고개를 끄덕이는 데야 아니라고 계속 우길 수도 없었다.

좌절하는 세영에게 살막주가 물었다.

"꼭 복수를 해야 하겠습니까?"

"복수… 아니야."

"복수가 아니면 뭡니까?"

지그시 바라보는 살막주의 시선을 받으며 세영이 말했다.

"뭐, 완전히 아니라는 소리는 못하겠지. 하지만 그것만으로 미련하게 붙잡고 있는 건 아니야."

"그럼 왜요?"

"임무니까."

"임무…요?"

"그래, 자성파에 대한 우포청의 협조 공문이 이번 달만 벌써 세 번째야. 우리가 당한 걸 알면서도 집요하게 보내오고 있다고."

"놀리려는 거 아니고요?"

"알아봤는데… 우포청도 죽을 맛인가 보더라고."

의아해하는 살막주에게 그 이유를 설명한 것은 세영이 아니라 그에게 정보를 알아다 준 막야였다.

"자성파가 벌인 일들이 적지 않습니다. 그로 인한 개봉 민초들의 피해도 막대하고요. 평장정사의 추상같은 명이 매일같이 우포청에 떨어지는 것으로 압니다."

"그렇게 문제가 커지고 있다면 군을 동원하면 되지 않나?"

실제로도 세영을 위시한 좌포청이 개방과 충돌했을 무렵, 평장정사는 만일에 대비해 1만에 달하는 군대를 개봉성 안에 주둔시켜 둔 적도 있었다.

"그게… 관부에서 먼저 대대적으로 무림 문파를 건드리는 것은 좋지 않다는 우려가 많아서 고려 대상에서 제외된 모양입니다."

"이전엔 좌포청의 일이었다 그건가?"

"예. 겨우 서른 남짓한 포청의 인원이 벌인 일이었으니까요. 더구나 적법한 임무였던 데다 무림이 먼저 도발하는 것까지 묵과하진 않겠다는 의지를 보여 주기 위해서도 그리 움직였던 것으로 압니다."

막야의 설명에 살막주가 안쓰럽다는 듯이 세영을 바라보았다.

"결국 포청에서 알아서 하라는 말인데… 힘드시겠습니다."

"남의 이야기냐?"

"저희 살막의 일이 아니긴 합니다만."

"빌어먹을 놈!"

세영의 핀잔을 살막주가 담담하게 받았다.

"하긴 요사이 대인께 빌붙어 먹고살긴 하죠."

"이런!"

말로써 당할 수 없다는 것을 다시 한 번 상기한 세영이 슬쩍 물었다.

"방법… 없겠냐?"

"방법이 있고 없고를 떠나서 굉마를 감당할 수는 있는 겁니까?"

"글쎄… 확실하진 않아도 해 볼 만은 할 거 같다."

세영의 말에 살막주가 눈을 반짝였다. 이전과는 다른 반응 때문이다.

"혹시… 그사이 어디서 영약이라도 챙기셨습니까?"

"뭔 소리야?"

"갑자기 조금 변한 듯싶어서요?"

살막주의 말뜻을 알아들은 세영이 피식 웃었다.

"중단했던 수련을 다시 시작했다. 눈앞에 두었던 작은 언덕도 하나 올라섰고."

"겨우 보름 동안에 말입니까?"

"수련을 잠시 중단했던 시간을 제하고도 이전에 답보했던 기간이 삼 년이야. 그 시간 동안 죽을 똥 싼 건 왜 빼?"

세영의 말에 살막주가 조심스럽게 물었다.

"그럼 그렇게 답보 상태였던 깨달음을 얻었다?"

"깨달음까진 아니고, 성과는 있었지."

세영의 답에 살막주가 불안한 표정으로 말했다.

"약간의 성과로는 굉마를 당할 수 없을지도 모릅니다."

"그래서 나도 그랬잖아. 확실하진 않다고."

"그래도 해 볼 만은 하고요?"

"그렇지."

확실히 변했다. 성격이 바뀐 건 아닌데 무조건 달려들진 않는다.

한마디로 조금 더 성숙해졌다는 소린데, 무인의 경우엔 실력의 향상과 함께 성숙해지는 경우가 많았다.

그런 점을 감안한다면······.

"방법은 찾아보겠습니다. 다만⋯ 어렵다고 판단되면 뒤

도 돌아보지 말고 도주하셔야 합니다."

마음에 들지 않는 소리였지만 그렇다고 그렇겐 안 한다고 할 수도 없었다.

그랬다간 대번에 방법을 찾아보겠단 말을 거둬들일 테니까.

"알았어."

"정말 약속하는 겁니다."

살막주의 확인에 세영이 소태 씹은 표정으로 답했다.

"알았다고!"

세영의 확답에 살막주가 조심스럽게 자신의 생각을 풀어놓기 시작했다.

❀   ❀   ❀

굉마는 그 이름이 말해 주듯이 어마어마한 거구의 사내였다.

키가 7척 반에 달하고, 몸무게도 50관에 육박한다. 근육으로 뒤덮인 팔뚝은 어지간한 장정 허리만 하고 허벅지는 아름드리나무에 버금갔다.

그 어마어마한 거체에서 나오는 힘은 신력(神力)이라 부를 수밖에 없을 정도로 엄청났다.

그 두 가지가 굉천신권(轟天神拳)이란 절세의 마공과 조

멈춰 섰던 강물이 다시 흐르다 • 245

화를 이루면서 무소불위의 힘을 발휘했다.

광마의 이름이 중원 천하에 이름을 떨치게 된 것은 자타 공인 권법 제일가인 소림의 금강승 둘을 하북에서 때려잡으면서부터였다.

당연히 대노한 소림은 팔대호원의 셋을 내보내 광마를 잡아들이려 했으나, 오히려 팔대호원 셋을 새로 뽑아야 하는 횡액을 당했다.

분노가 머리끝까지 솟은 소림이 나한전의 백팔나한을 모조리 동원하려는 찰나, 마련이 경고하고 나섰다.

괜한 분란으로 백마대전을 일으키지 말라는 것이었다.

백도맹마저 먼저 도발한 곳이 소림이니 그만 자중하라는 권고를 내린 탓에 소림은 오욕을 씻지 못하고 주저앉아야만 했다.

모든 것을 무마할 수 있을 만큼의 힘이라 대변되는 십대 고수를 배출하지 못한 설움을 톡톡히 당한 셈이었다.

여하간 그 일 이후 광마의 이름은 중원 천하를 질타했다.

어지간한 정파들은 알아서 피해 갔고, 중견 마도문들은 그를 극진히 대접했다.

간혹 강호에 이름을 날리는 정파의 고인들과 충돌이 벌어졌지만 아직까지 그를 쓰러트린 무인은 나오지 않았다.

그런 광마가 사랑에 빠졌다.

우연히 들렸던 기루에서 처음 본 기녀에게 홀딱 빠져 버린 것이다.

 웃긴 건 한주먹 거리밖에 안 되는 기녀에게 굉마가 휘둘리고 있다는 것이었다.

"나 좀 만나 주라."

"싫어요."

"내가 맛난 거 사 줄게."

"싫다는데도요."

"그럼 과일은? 원한다면 과수원을 통째로 사 줄 수도 있다."

"대협이나 실컷 가지세요."

 찬바람을 쌩쌩 일으키며 방 안으로 들어가 버린 기녀의 방문 앞에서 굉마가 그 큰 몸을 구부리고 사정을 했다.

"제발 얼굴만이라도 보여 주라, 응?"

 그 웃기지도 않는 광경을 바라보며 살막주가 모란각에서 연화라고 불리는 3호를 바라보았다.

"기 낭자."

"예, 막주."

"요새 영 신통치 않네."

 살막주의 말에 기 낭자라 불린 3호가 어설피 웃었다. 그런 기 낭자에게 살막주가 물었다.

"박 대인이야 안 통했다 치고, 저 인사는 어찌 된 일이요?"

"그게… 제 방엔 오지도 않았어요."

"그게 무슨……?"
"제 초대를 받고 오는 도중에 초련을 보고는 저리되었지요. 아시겠지만 사랑의 열병을 앓는 이에겐 벽안마소가 통하지 않아요."
"이거 참… 공교롭다고 해야 하는지, 운이 없다고 해야 하는지……."
살막주의 한탄이 모란각 3층을 덮었다.

❀   ❀   ❀

살막주의 변명에 가까운 설명을 들은 세영이 고개를 삐딱하니 기울였다.
"그러니까 네 계획도 시원치 않았다, 그거네?"
"계획은 완벽했습니다. 다만 운이 없었던 거지요."
"흠… 운이라……."

'운도 실력이야!'

기억 속에서 튀어나온 사부의 고함이 귓가를 울렸다.
"누군가 그런 이야기를 했지. 운도 실력이라고."
"그 무슨 말도 안 되는……."
"말 돼. 실력이 있는 놈의 주변으론 되는 일만 꼬이거든.

왜냐고? 그놈 실력이 좋으니까."
 무슨 말도 안 되는 궤변을 늘어놓는 거냐는 이의를 살막주는 꺼내 놓지 못했다.
 '한림원 학사는 분명 구슬치기로 얻은 거야.'라는 세영의 중얼거림을 들었던 것이다.
"다시 합니다."
"뭘?"
"계획, 다시 짜서 완벽하게 놈을 끌어내 드리지요."
"이번엔 확실해?"
"잘못되면 제가 남자가 아니라 여잡니다."
"뭘 그렇게까지… 하지만 정히 그러겠다면 기대하지."
 세영의 말에 전의를 불태우며 좌포청을 빠져나가는 살막주였다.

❀   ❀   ❀

 꾕마는 오늘도 초련의 방 앞에서 제발 한 번만 얼굴을 보여 달라고 사정하고 있었다.
 그런 그의 귀로 모란각의 기녀 둘이 소곤거리는 소리가 들린 것은 정말로 우연(?)이었다.
 광폭한 꾕마를 겁낸 나머지 평소에는 근처로 가지도 않는 그의 바로 옆까지 기녀들이 와서 떠들어 댔지만, 그건 꾕마의 입장에선 분명히 우연이었다.

"어마, 금강석!"

"그래, 물 건너온 금강석인데 크기가 아이 주먹만 한 데다 그 오묘한 빛이 아우~ 아주 몸살 나게 예쁘다더라고."

"그렇게 큰 금강석이라니. 그거 받는 여자는 정말 행복하겠다."

"행복하기만 하겠어? 환상 그 자체지. 누가 나한테 그런 금강석 하나만 안겨 주면 그 사람 품에 푹 안기고 싶을 텐데."

"나도, 나도."

두 기녀의 말이 끝나기 무섭게 꿩마가 외쳤다.

"나 좀 다녀오리다. 외로워도 잠시만 기다리시구려, 초련 낭자."

그 말을 남겨 둔 꿩마가 복도를 모조리 부술 기세로 뛰었다.

"뭘 찾으라고요?"

자성파의 행동대장은 꿩마의 말에 그 다부진 체격에 어울리지 않게 놀란 눈을 크게 떴다.

"금강석. 금강석 몰라?"

"금강석이야 알긴 압니다만……."

"그걸 찾아와. 어린애 주먹, 아니 어린애 머리통만 한 걸로."

"저… 태상."
"왜?"
"그만한 건 구하기가……."
"어렵다고?"
"예, 그렇죠."

말귀를 알아들었다고 생각한 행동대장의 얼굴이 밝아졌지만 그건 오래가지 않았다.

"그럼 내가 쉬운 거 선물해야겠냐? 그런 걸로 넘어오겠어? 엉! 여자의 행복, 응? 환상, 그런 거라잖아!"

도대체 무슨 말을 하는 건지 알아들을 수는 없었지만 여기서 더 물었다간 저 솥뚜껑만 한 주먹이 날아올 게 분명했다.

"아, 알겠습니다!"

크게 답한 행동대장이 황급히 나간 직후, 자성파의 왈패들이 개봉 전역으로 흩어졌다.

그들이 찾는 건 어린애 머리통만 한 금강석이었다.

두 시진 넘게 개봉 시내를 뒤지던 행동대장은 굉장히 커다란 금강석을 갖고 있다는 상인을 만날 수 있었다.

"정말 큰 걸 가지고 있는 거요?"
"그럼요. 이 세상에서 제일 큰 금강석일지도 모른답니다."

"한번 봅시다. 얼마나 큰지."

"돈을 가져오셔야……."

상인의 말에 인상을 긁은 행동대장이 위협을 가했다.

"좋게 말할 때 좀 봅시다."

이 정도면 어지간한 장사치들은 겁을 먹고 뭐든지 내놓기 마련인데 이번 상인은 좀 달랐다.

"제 목을 따도 안 되는 건 안 되는 겁니다."

웃긴 건 이렇게 뻗대니까 화가 난다기 보다는 신빙성이 높게 느껴진다는 것이다.

"그 친구 참… 좋아, 돈을 갖고 계신 우리 태상을 모셔오지. 한데, 그 전에 대략적인 크기나 좀 알자고. 얼마나 되는 거야?"

그 물음에 누군가에겐 17호, 또는 막야라고도 불리는 상인이 미리 계획된 대로 답했다.

"어린애 주먹만 합… 커헉!"

냅다 질러 버린 주먹에 나가떨어진 상인을 바라보며 가래침을 뱉은 행동대장이 주변에 몰려들었던 왈패들에게 외쳤다.

"여기도 아니다. 더 뒤져라. 어린애 머리통만 한 놈이다. 명심해!"

"옙! 형님!"

큰 소리로 답한 왈패들이 다시금 개봉 전체를 이 잡듯 뒤지기 시작했다.

　　　　　🞲　　🞲　　🞲

 세영은 멀뚱한 시선으로 살막주를 바라보고 있었다.
"뭐냐?"
"약속은… 약속이라서…."
 화사한 치마에 저고리를 받쳐 입은 살막주를 바라보던 세영이 물었다.
"혹시… 실패?"
"아하하하… 죄송합니다."
 고개를 푹 숙이는 살막주를 바라보며 세영이 혀를 찼다.
"쯧."
 못마땅한 표정의 세영에게 다른 계획을 주저리주저리 떠들던 살막주의 말이 끊어진 것은 한쪽 눈두덩이 시퍼렇게 물든 막야가 창문을 넘어 들어온 때문이었다.
"왜?"
 짜증 어린 살막주의 물음에 막야가 답했다.
"기회가 왔습니다."
"무슨 기회?"
"놈이, 놈이 홀로 움직입니다."
"놈이라면… 설마 꿩마?"

"예, 막주."

막야의 답에 세영의 물음이 튀어나왔다.

"어디로?"

"개봉사탑입니다."

개봉사탑이면 세영도 아는 곳이다. 중산로 동쪽 끝에 있는 대상국사 근처였으니까.

"대인, 어서 그곳……."

살막주의 음성은 완성되지 못했다. 어느새 세영이 사라지고 없었기 때문이다.

한데, 그런 살막주를 막야가 어이없는 표정으로 바라보았다.

"왜?"

짜증이 마구 묻어나는 살막주의 음성에 막야가 조심스럽게 물었다.

"근데 그건 웬 옷차림입니까?"

순간 멈칫거렸던 살막주가 잽싸게 막야의 입을 틀어막았다.

"쉿! 떠들면… 어찌 되는 줄 알지?"

입이 막힌 채 고개를 끄덕이는 막야의 눈은, 그러나 활처럼 휘어진 웃음을 담고 있었다.

제25장
피해자를 만들다

꽁마는 개봉사탑에 올라 사위를 살폈다.

한참 살핀 후에 비로소 아무도 없다는 걸 확인한 꽁마가 주섬주섬 품에서 무엇인가를 꺼내 들었다.

"흠……"

손에 든 걸 코에 가져다 대고 향기를 맡던 꽁마가 신색을 바로 하더니 주문 같은 말을 훙얼거리기 시작했다.

"천지신명께 비오이다, 비오이다. 초련이 년, 아니 아니 초련 낭자 속곳을 바치나니 앞으로 평생 초련 낭자의 속곳은 저만 볼 수 있도록 해 주시옵……"

중얼거리던 꽁마의 음성이 끊어졌다. 그리고 돌아보는 눈에서 짙은 살기가 쏟아졌다.

"어떤 고자 새끼가 감히!"

그 큰 거구를 돌려세우자 개봉사탑의 상층부가 꽉 차는 느낌이었다.

그런 굉마를 마주한 세영은 저도 모르게 침을 꿀꺽 삼켰다.

마주 대한 굉마는 이야기로 듣던 것 이상이었다. 단순히 덩치만 큰 것이 아니라 전신에서 쏟아지는 기세가 숨을 쉬기도 버거울 정도였던 것이다.

"포청? 크크크 관부의 개새끼로구나. 못 본 것으로 할 테니 썩 꺼져라!"

자신의 중요한 일만 아니라면 절대로 그냥 보내지 않았을 것이다.

하지만 치성을 드릴 때 피를 보면 부정을 탄다던 말이 생각나 크게 선심을 썼던 것이다.

한데, 정작 고마워해야 할 상대는 그럴 마음이 없었다.

"개소리 그만하고 덤벼 봐."

간혹 너무 화가 나거나 어이가 없으면 멍해지는 경우가 있다. 지금 굉마가 그랬다.

"뭐?"

"덤비라고, 자식아!"

두 주먹을 말아 쥐고 자세를 잡는 상대를 바라보며 잠시 지금의 상황을 이해하려 노력하던 굉마의 눈에 붉은 기가 확 퍼져 나갔다.

"이런 호로 잡놈의 새끼가 감히!"

부아아아앙-

공기가 찢어지며 굉마의 거대한 팔뚝이 뻗어 나갔다. 그걸 향해 세영의 주먹이 마주쳐 나왔다.

그 모습에 굉마는 비릿한 미소를 지었다. 하지만…

퍽-

쾅도 아니고 꽝도 아니다. 그냥 '퍽-' 사람의 살로 이루어진 육장 2개가 만나 낼 수 있는 가장 평범한 소리가 울렸다.

이해할 수 없는 것은 굉마만은 아니었다. 세영의 주먹에 담겼던 자연지기의 양만으로도 결코 이 정도에서 그칠 리 없었다.

서로 자신의 주먹을 바라보던 세영과 굉마가 다시 서로를 향해 주먹을 뻗었다.

퍽-

똑같은 결과다. 의아했던지 굉마가 길게 솟은 탑을 향해 팔을 뻗었다.

쾅-!

벽력탄 터지는 소리와 함께 개봉사탑의 한쪽 벽이 뜯겨 나갔다.

비로소 미소를 되찾은 굉마가 주먹을 휘둘렀다.

퍽-

당황하는 굉마를 대신해 이번엔 세영이 주먹을 탑에 꽂아 넣었다.

꽈광-

탑의 한쪽 면 전체가 부서져 내렸다.

고개를 끄덕인 세영이 주먹을 날리고 그에 맞서 굉마도 주먹을 날렸다.

퍽-

"이런 빌어먹을!"

"젠장!"

세영과 굉마의 입에서 동시에 욕설이 튀어나왔다. 그래 놓고 당황한 표정으로 서로를 바라보았다.

하지만 시선엔 금방 표독스러움이 섞이고, 사나운 기세가 실렸다.

그렇게 서로를 노려보던 둘의 신형이 벼락처럼 상대를 향해 쏘아졌다.

퍼퍽퍽퍽퍽!

둘의 주먹은 허공에서 서로 부딪쳤다 떨어졌다. 다리를 이용한 공격도 상대의 다리에 막혔다. 그때도 '퍽퍽'거리는 소리만 울렸다.

한동안 어울리던 둘이 떨어졌다.

"왜 이런 줄 아나?"

"비슷한 힘이라는 뜻이겠지."

일 빼기. 일은 영. 하나의 힘으로 하나를 쳐 소멸시킨다. 충돌이라는 자연의 법칙조차 우열을 가르기 힘들 정도로 서로의 힘이 똑같다 보니, 충돌 지점에서 두 사람의 힘 모두가 상쇄되는 것이다.
"이래선 끝이 없다. 한 방 치기로 가자!"
굉마의 갑작스런 제안에 세영이 의아한 표정을 지었다.
"한 방 치기?"
"한 방씩 주고받는 거다. 그러다 먼저 쓰러지는 놈이 지는 거고."
힘으로 안 되니 맷집으로 겨루자는 소리나 마찬가지였다. 슬쩍 상대의 몸집을 보며 자신의 비세를 느꼈지만 물러서고 싶지 않았다.
"좋아!"
세영의 호응에 굉마가 주먹을 말아 쥐었다.
"잠깐!"
"왜?"
의아하게 바라보는 굉마에게 세영이 물었다.
"네가 먼저 치게?"
"그러면 안 되나?"
"네가 제안한 거니까 내가 먼저 친다."
세영의 말을 잠시 생각해 보던 굉마가 고개를 끄덕였다.
"좋을 대로."

답을 한 굉마가 두 다리를 벌려 서고, 상체를 꼿꼿이 세운 후, 온몸에 내력을 돌려 힘을 주었다.

"간다?"

"와라!"

굉마의 답에 세영이 주먹을 말아 쥐었다. 그러며 슬쩍 한 발을 앞으로 디뎌 비틀었다.

섬보에 이은 망타. 속도에 파괴력을 실어 그 힘을 배가시킬 생각이었다.

입가로 희미한 미소를 지은 세영의 입에서 기합이 터져 나왔다.

"간다아아아아!"

꾸왕-

공기가 모조리 압축되었다 한 번에 터져 나가는 소리가 울렸다.

휘청!

크게 뒤로 휘었던 굉마의 신형이 가까스로 쓰러지지 않고 버텨 냈다.

천천히 뒤로 젖혀졌던 몸을 일으켜 세우는 굉마의 얼굴을 바라보는 세영의 표정이 굳었다.

주루루룩-

흐르는 코피를 지혈할 생각도 없이 의미심장하게 웃으며 굉마가 주먹을 말아 쥐었다.

"이번엔 내 차례다."

자세를 잡는 꿩마를 잠시 바라보던 세영이 손을 내저었다.

"졌다."

"뭐?"

당황하는 꿩마에게 세영이 다시 말했다.

"졌다고."

"무, 무슨 소리야?"

"내가 졌다니까."

세영의 말뜻을 알아들은 꿩마가 갑자기 뒷목을 잡았다.

"윽!"

"야- 왜, 왜 그래?"

뒤로 넘어가는 꿩마의 옷자락을 세영이 붙잡았지만…

부욱-

몸무게를 버티지 못한 천만 찢어진 채 꿩마가 뒤로 쓰러졌다.

쿵!

❁　　❁　　❁

땀으로 목욕이라도 한 듯 푹 젖어 있는 세영을 바라보며 의원이 물었다.

"어디 몸이 안 좋으십니까?"

"아, 아니야. 무거운 걸 짊어지고 와서 그래. 그나저나 그 자식은 왜 그래?"

"평소에 혈압이 있으셨던 모양입니다?"

의원의 물음에 세영이 어깨를 으쓱여 보였다.

"그야 난 잘 모르지."

"쓰러지기 전에 충격이 있으셨습니까?"

"무슨 충격?"

"강력한 물리적 충격이라든지, 아니면 정신적인 충격이라든지."

의원의 물음에 세영이 볼을 긁적이며 답했다.

"아마 둘… 다……?"

"흐음… 일단 깨어나 봐야 정확하게 알겠습니다만, 자칫 풍이라도 왔다면 마비가 올 수도 있습니다. 마음의 준비를 하시는 것이……."

의원의 말에 세영은 눈을 동그랗게 떠야 했다.

깨어난 꿩마는 의원의 예상대로 오른쪽을 팔과 다리를 쓰지 못했다. 거기다 입도 오른쪽으로 돌아갔고, 말도 어눌해졌다.

"풍입니다. 충격이 너무 컸던 모양이군요."

의원의 말에 세영이 어이없는 표정으로 물었다.

"무림인도 풍에 걸린단 말이야?"

"무림인도 사람입니다. 감기도 걸리고, 풍도 걸리죠. 물론 내공을 익히고 있어 일반인보다는 드물긴 합니다만, 완전히 비켜나 있는 것은 아니랍니다."

의원의 말에 세영은 난처한 표정이 되었다. 거기다 더 곤란한 보고가 줄을 이었다.

"굉마가 저리된 이후 우포청의 도움을 받아 자성파를 급습했습니다."

굉마 때문에 의원에 발이 묶인 자신을 찾아온 이축의 보고에 세영이 물었다.

"결과는?"

"모조리 포박을 지어 우포청으로 압송하였습니다."

"굉마의 수하들이 섞여 있었을 텐데?"

"그게… 굉마가 저리되었다니까 모두 도주를 했습니다. 무림인들이 의리에 죽고 산다더니, 다 헛소리였던 모양입니다."

이축의 말에 병석에 누워 있던 굉마의 눈빛은 무겁게 가라앉아 버렸다.

그런 굉마를 일별한 세영이 물었다.

"천강문은?"

"자성파 제압 과정에서 천강문은 아무런 행동도 취하지 않았습니다."

"제 발이 저린 건가?"

"그건 아닌 듯합니다."

"어떻게 알아?"

"자성파에서 나온 증거들을 분석한 결과 천강문은 자성파와 아무런 연관이 없었던 것으로 밝혀졌습니다."

"우포청이 이거 먹은 건 아니고?"

손가락으로 동그라미를 만드는 세영의 물음에 이축이 희미하게 웃었다.

"그건 아닌 듯합니다."

"뭐, 그랬어도 상관은 없어."

"하긴 그렇기도 합니다만……. 그나저나 조금 문제가 생겼습니다."

"무슨 문제?"

"저기… 잠시 귀 좀."

의아한 표정으로 귀를 내미는 세영에게 이축이 귓속말을 전했다.

"그게… 이번 조사에서 자성파의 악행에 굉마가 관여되어 있지 않은 것으로 밝혀졌습니다."

"뭐?"

놀라서 큰 소리로 묻는 세영에게 눈을 껌벅거려 보인 이축이 다시 세영의 귀에 대고 속삭였다.

"자성파 행동대장이었던 놈이 원래 악독하기로 소문난

왈패 놈이었더군요. 한데, 어떻게 된 연유인지 굉마의 수하로 들어가서는 그를 꼬여 개봉에 정착한 겁니다. 아마 문파를 세우자고 꼬드겼던 모양입니다."

"그래서?"

이번엔 작게 묻는 세영의 음성에 이축의 귀엣말이 이어졌다.

"그다음은 아시는 대로죠. 굉마의 이름으로 천강문을 위협해서 인근의 장원을 꿀꺽하고 주저앉아선 고리대금에, 왈패 짓에 혼자 다 해 먹은 겁니다. 물론 태상이란 감투를 씌운 굉마한테 꼬박꼬박 상납은 했지만, 대부분의 수익은 행동대장인 놈과 굉마의 수하들이 나눠 먹었더군요."

이축의 말에 슬쩍 굉마를 돌아보는 세영의 귀로 결정적인 말이 들려왔다.

"그리고 지난번 폭력 사건 때… 굉마는 개봉 시내에서 술을 푸고 있었답니다. 증인들까지 다 확인했습니다."

이축의 보고에 세영의 눈이 당황으로 물들었다. 그런 세영에게 이축이 미안한 음성으로 속삭였다.

"무림의 입장에선 어떨지 몰라도, 관부의 입장에선 아무래도… 무고한 시민을 때려잡으신 모양입니다."

※　※　※

꿩마는 바퀴의자에 의지해 힘없이 의원 앞마당 화단 앞에 앉아 있었다.

벌써 의원 신세를 진 지 열흘이 넘어간다. 하지만 아무런 차도도 보이지 않았다.

그런 꿩마를 지그시 바라보며 의원이 병문안 온 세영에게 말했다.

"환자 본인의 의지가 없어요. 일어서겠다는, 낫겠다는 의지가 아예 보이지 않습니다. 무림인인 이상 제대로 자신을 돌보고, 내력 수발만 잘해도 몇 달이면 털고 일어날 수 있을 터인데……."

안타까워하는 의원에게 세영이 물었다.

"어찌해야 의지가 생기겠나?"

"그야 하고 싶은 일이 있어야겠지요."

"하고 싶은 일?"

"예."

의원의 말에 곰곰이 생각하던 세영이 화단을 물끄러미 바라보고 앉아 있는 꿩마의 앞에 섰다.

"야-"

세영의 부름에 꿩마가 입이 돌아간 얼굴을 들었다.

"너 빨리 나. 다 나으면, 나으면… 에이, 좋아. 한 대 치게 해 준다."

"무?"

돌아간 입 때문에 발음이 새서 '뭐'도 잘 안 되는 꿩마의 물음에 세영이 답했다.

"전에 네 차례, 하게 해 준다고. 이렇게 쾅!"

자기 얼굴에 자기 주먹을 대 보이는 세영의 행동에 꿩마가 비틀린 입으로 피식 웃었다.

"피리 업다."

"왜? 억울해했잖아?"

"이진… 사가업다."

"상관이 왜 없어?"

"기찬타."

고개를 젓는 꿩마의 얼굴엔 정말로 온통 귀찮아하는 표정만 남아 있었다.

결국 꿩마의 관심을 돌려놓는 것에 실패한 세영에게 언제 왔는지 살막주가 다가섰다.

"제대로 망가트려 놓으셨네요."

"이게!"

"아아, 고의가 아니었던 걸 아니까 비난은 아닙니다."

"속 긁으러 온 거면 그냥 가라."

"그게… 조금 문제가 커질 듯싶습니다."

"무슨 소리야?"

세영이 고개를 돌리자 살막주가 어두운 표정으로 말했다.

"이건 개방 방주께서 전하라는 말씀이신데 말입니다."

"노형님이?"

"예."

"뭔데, 빨리 말해."

세영의 독촉에 살막주가 작게 말했다.

"귀 좀……."

"요새 귀엣말이 유행이야?"

슬쩍 인상을 찌푸리면서도 귀를 내주는 세영에게 살막주가 바짝 붙었다.

"소림이 움직인답니다."

"뭐?"

놀라는 세영에게 살막주가 말을 이었다.

"굉마와 소림의 악연이 좀 깊습니다. 그러다 보니 저리되자마자 기회로 여긴 모양입니다. 원래대로라면 마련이 나서서 막아 줘야 하는데… 아무래도 폐기 처분할 모양인지 마련이 조용하답니다."

살막주의 말에 세영의 눈이 불안하게 흔들렸다.

지금 얼마나 강할지는 모르지만 사부에게 귀에 딱지가 앉을 정도로 들었던 중원 최고의 무인 집단이 바로 소림이었다. 그곳이 굉마를 노린다고 하자 마음부터 급해졌다.

"빌어먹을. 야, 굉마."

세영의 부름에 굉마는 이번엔 아예 반응조차 보이지 않았다. 그런 굉마에게 세영이 소리쳤다.

"소림이 온단다. 널 죽여 없앨 기회로 여긴단 말이다."

세영의 말에 잠시 고개를 돌려 그를 바라보았던 꿩마는 무심한 시선으로 다시 고개를 돌렸다.

그런 꿩마의 행동에 세영은 펄펄 뛰었지만 더 이상의 반응은 나오지 않았다.

"좌절이군요."

꿩마를 바라보던 살막주의 말에 세영이 그를 돌아봤다.

"좌절? 무슨… 설마 나한테 한 방 맞은 거에?"

"침소봉대(針小棒大)라고 아시죠? 바늘 보고 몽둥이라고 뻥튀기 하는 거."

"이게!"

손을 들어 보이는 세영에게서 한 걸음 뒤로 물러난 살막주가 말했다.

"꿩마의 정보를 훑다 보니까 참 안된 사람이더라고요."

"그건 또 무슨 뜬금없는 이야기야?"

세영의 물음에 살막주가 꿩마가 듣고 있다는 것을 의식했던지 세영을 의원 밖으로 끌고 나왔다.

"왜?"

"자신의 슬픈 과거인데 들어서 좋을 거 없으니까요."

"슬프기까지 한 거야?"

"예, 조금."

"말해 봐."

세영의 독촉에 살막주가 이야기를 이었다.

"지금도 크지만 태어날 때도 상당한 크기였던 모양입니다. 어머니가 괭마를 낳다 산고로 죽었다네요. 질긴 게 사람 목숨이라고, 괭마는 죽은 어미의 자궁을 찢고 태어났답니다. 뭐, 진짜인지 부풀린 이야긴지는 모르겠지만 정보는 그렇게 기록하고 있습니다."

"속상했겠네."

"그렇죠. 자신이 어머니를 죽이고 태어난 셈이니까요."

"아버지는?"

"그게, 운이 없으려다 보니까 부친 복도 없었던 모양입니다. 제 어미 잡아먹고 태어난 놈이라고 쳐다보지도 않았답니다. 그 탓에 하나뿐인 누나가 키우다시피 했는데, 그 누나조차 전란 통에 겁탈당하고 죽임을 당했던 모양입니다."

"이런!"

"아비도 그때 죽고 혼자 남았는데, 마침 그 지역을 지나던 전대 괭마가 죽어 가던 저치를 주워다 키운 모양입니다."

"그럼 전대 괭마에게 물들어서 나쁜 놈이 된 건가?"

"그거야 정파의 시각이죠. 마공을 익힌 자이니 사악한 놈, 나쁜 놈이라는 것이니까요."

"그럼 실제론 아니다?"

"행적을 보면 소림과 부딪치고 이후 정파의 고수들과도 싸우긴 했지만 먼저 시비를 건 적은 없습니다. 처음에 벌어진 소림과의 충돌도 전대 굉마가 죽자마자 마두를 제압한 답시고 경험이 일천한 신임 굉마를 노린 소림의 도발 때문에 일어난 것이었거든요. 막말로 죽이겠다고 달려드는 놈을 살려 보내는 것도 말이 안 되는 거 아닙……."

뒷말은 흐려졌다. 죽이겠다고 달려들었던 자신들을 살려 보낸 장본인이 바로 앞에 있었으니까.

"여하간 그리 나쁜 놈은 아니다, 그건가?"

"예, 거기다 제 누나가 감싸고돌았던 기억이 남아서 그런지 여인들에게 유독 약합니다. 보는 것과 달리 여인에겐 손도 잘 못 대더군요."

"흠……."

살막주의 말에 의원을 돌아보는 세영의 표정은 곤란함 그 자체였다.

그런 세영에게 살막주가 말했다.

"여하간 소림 손에 넘겨주실 것이 아니면 도피라도 시켜야 합니다."

"도피? 어디로?"

"그야 어디로라도……."

"저런 상태로 도피해 봐야 짐짝일 뿐이다. 누가 저런 커다란 짐을 악착같이 지키려 들어. 그것도 소림을 상대로."

유일하게 그럴 수 있는 곳은 마련인데, 이미 그곳에선 버림을 받은 듯하니 세영의 말이 완전히 틀린 것도 아니었다.

"그럼 어쩌시려고요?"

"일단 몸 상태부터 돌려놔야지."

"어떻게요?"

"그건 머리 좋은 네가 지금부터 생각해 봐야 하는 거고."

"제가 왜요?"

"내가 시키는 건 모든 지 하기로 했으니까."

세영의 답에 살막주는 한숨을 내쉴 수밖에 없었다.

※　　※　　※

"이게 정말 먹히긴 하는 거야?"

자신과 함께 열심히 걸으면서 묻는 세영에게 살막주가 고개를 끄덕였다.

"자신합니다. 이건 분명히 먹힙니다."

"얼마 전에 장담했다 여장한 사람의 말을 믿어도 좋은지 모르겠다."

"그, 그건 실수, 그렇지 실수였습니다. 사내가 타인의 실수를 자꾸 들먹이는 것보다 치사한 건 없는 겁니다."

"치마 입었던 사람 입에서 사내 운운은 좀 안 맞는 거 아니냐?"

"대인!"

버럭 소리를 지르는 살막주에게 세영이 손사래를 쳤다.

"아아, 알았어, 알았다고."

그렇게 아웅다웅하며 두 사람이 도착한 곳은 모란각이었다.

"어서 오십시오, 대인."

이협이 반가운 얼굴로 맞이하자 세영이 말했다.

"초련이 좀 보세."

"초련… 하하하, 대인께서도 소문을 들으셨던 모양입니다. 일단 안으로 드시지요."

자신의 안내로 귀빈실이 늘어선 3층에 자리를 잡은 세영에게 이협이 물었다.

"한데, 동행은 누구신지……?"

"신경 끄게. 자주 볼 사람은 아니니."

세영의 말에 쓰게 웃은 살막주가 자신을 소개했다.

"대인 덕에 먹고사는 장사치랍니다."

"이런, 나와 같은 상인이시구려. 내 오늘 더 잘해 드리리다."

이협의 말에 세영이 손을 내저으며 말했다.

"아아, 잘 안 해 줘도 된다니까. 여하간 초련, 그 기녀 좀 들라 하게."

세영의 독촉에 이협이 걱정스런 얼굴로 말했다.

"저기… 대인, 한 가지 양해를 드려야 할 듯합니다만."

"무슨 양해? 혹시 다른 손님과 있나?"

"그것은 아니오나… 초련이가 손님을 가려 받습니다."
"손님을 가려 받아?"
"예, 저희 모란각에 몇몇 기녀는 그렇습니다."
"초련이만 그런 게 아니라, 더 있어?"
"예, 대인. 수련이랑 자화도 그렇고 연화가 또한……."
"아아, 지금 기생 점고나 하자는 게 아니니까. 초련이나 불러."
"지금 그걸 말씀드리는 것입니다. 대인께서 청하신다는 말은 전하겠지만 초련이가 응하지 않을 수도 있다는 말씀을 드리려는 것입니다."
"뭐, 어떻게 해 보자는 거 아니니까 어지간하면 좀 보잔다고 전하고."
"예, 가능한 걸음을 하도록 애써 보겠습니다. 대인은 그럼 초련이로 하고, 우리 동업계 손님께서는 어찌……?"
"저도 손님을 고른다는 기녀로 하지요. 아까 들으니 연화란 기녀가 있다고요?"
"저희 기루에서 제일 아름다운 기녀를 고르셨습니다. 물론 제일 까다로운 아이이기도 하지요. 이곳에 있은 지 이제 두 달 조금 넘어가는데 손님방에 들어간 건 딱 두 번뿐이랍니다. 가만 있어 봐. 그러고 보니, 손님……."
"맞소. 얼마 전에 내가 연화를 불렀던 사람이오."
"이런 우연이 있나! 그러고 보니 연화가 들었던 손님이 이곳에 다 계시군요."

이협의 말에 세영이 물었다.

"그건 또 무슨 소리야?"

"왜, 기억이 안 나십니까? 대인께서 나 포두님과 함께 오셨던 날?"

"아! 술 버려서 매상 올리던 애!"

세영의 외침에 이협이 겸연쩍게 웃었다.

"그, 그런 일은 없도록 주의를 주겠습니다."

"상관없어. 오늘 술값은 이치가 낼 거니까."

세영의 말에 당황하는 살막주를 바라보던 이협이 작게 웃었다.

"어찌 대인을 모시고 제가 돈을 받겠습니까? 제가 부담할 터이니 마음껏 드십시오."

"그럼 감사하고."

일체의 망설임이나 거절도 없는 세영의 말에 쓰게 웃어 보인 이협이 물러났다.

"저한테 돈이 어디 있다고 제가 낼 거라고 하십니까?"

살막주의 말에 세영이 투덜거렸다.

"내 봉록에, 상납받은 돈까지 모조리 쓸어 가면서 돈이 없다는 게 말이 돼?"

"그럼 그 많은 식구들 일 안 시키고 밥 먹이는 게 어디 쉬운 줄 아셨습니까?"

"에이, 내가 말을 말아야지."

씩씩거리는 세영의 울화가 가라앉을 때쯤 음식과 기녀들이 들어왔다.

자신 쪽으로 앉으려는 연화에게 세영이 고개를 저었다.

"술 버리는 애! 너, 저기 앉아라."

세영의 말에 쓰게 웃은 살막주가 잔뜩 당황한 연화, 기 낭자를 불렀다.

"이리 앉게."

그의 부름에 슬쩍 세영을 흘겨본 기 낭자가 살막주의 곁에 앉았다. 그러자 자연스럽게 초련이란 기생이 세영의 옆에 앉았다.

"처음 뵙겠습니다, 대인."

가볍게 고개를 숙이는 초련의 손을 세영이 덥석 잡았다.

"대, 대인!"

놀라는 초련에게 세영이 말했다.

"나 좀 도와주라."

"예?"

"제발 그 빌어먹을 자식 좀 일으켜 세워 보란 말이다!"

앞뒤 다 자르고 사정하는 세영의 행동에 초련은 당황으로 어쩔 줄을 몰랐다.

모란각을 나서는 세영은 살막주에게 퉁명을 떨었다.

"좋았냐?"

"예?"

"좋았냐 말이다."

"무슨 말씀이신지……?"

"아주 거머리처럼 찰싹 달라붙어서 소곤대느라 바쁘더라."

세영은 그 모습이 꼴 보기 싫었다. 왜냐고 물으면 답할 말은 없다. 그냥… 싫었으니까.

여하간 뱁새처럼 눈을 가늘게 뜨고 투덜거리는 세영에게 살막주가 변명을 해 댔다.

"그야 초련을 설득하시는 데 방해가 될까 봐서……."

"그래서 도와주지도 않은 거냐?"

"예?"

"너, 내가 초련이 설득하는데 한 마디도 않더라."

"그, 그야 워낙 대인께서 공을 들이시니 제가 끼어들 틈이 없어서……."

"왜? 연화인지 뭔지 그 기생한테 작업 거느라 바빴던 건 아니고?"

"무, 무슨 그런 말씀을?"

"너, 마누라 둔 놈이 그러면 안 되는 거다. 내가 오늘 있었던 일을 네 마누라한테 미주알고주알 일러바치면 어떻게 되겠냐?"

"대, 대인 오, 오해가……."
"오~해? 오 해는 사 년 다음이 오 해다."
"그건 또 무슨 말씀이신지?"
고개를 갸웃거리는 살막주에게 세영이 설명했다.
"한 해, 두 해, 세 해, 네 해, 오 해."
"아!"
비로소 이해하는 살막주에게 세영이 핀잔을 주었다.
"무슨 익살을 설명해야 알아듣는지. 구슬치기로 한림원 들어간 자식."
"대인!"
살막주의 억울한 외침이 개봉의 밤거리를 울렸다.

제26장
친구가 생기다

 백도맹의 군사인 제갈기진은 정보 책임자인 부군사의 보고를 받고 있었다.
 "하여 궁가방이 습격을 하였고, 문제의 포교는 좌포청을 비우고 홀로 기다리다 그리 습격해 온 궁가방의 고수들을 모조리 베어 버린 것이라 합니다."
 귀서에게서 온 정보를 취합한 부군사의 보고에 책상을 톡톡 두드리던 제갈기진이 물었다.
 "하면 후개와 광염개는 죽었어야 하는 게 아닌가?"
 "그것이… 후개와 광염개는 살아서 돌아갔다고……."
 "그들이 살아 있는 것은 나도 알고 있는바. 왜 살려 주었냐는 것이겠지?"

"그에 대해선 추가로 조사를 해서 보내겠다고 밝혀 두었습니다."

"흠… 그럼 기다려 보면 알게 되겠군."

"예, 군사님."

"보고할 사항은 그것뿐인가?"

제갈기진의 물음에 부군사가 고개를 저었다.

"오늘은 한 가지가 더 있습니다."

"무엇인가?"

"소림의 것입니다."

소림이 거론되자 제갈기진의 얼굴이 대번에 찌푸려졌. 송이 무너지고 금이 득세하는 과정에서 구파일방으로 대변되는 구세력은 크게 세가 꺾였다.

그에 반해 실리적으로 움직였던 오대세가를 중심으로 한 신흥 세력은 욱일승천의 기세로 세력을 확장하고 있었다.

그것은 금을 무너트린 몽고의 확장에도 변화가 없었다.

그런 까닭에 백도맹도 구세력보다는 신흥 세력의 입김이 컸다.

아직 십대고수를 배출한 곳이 남궁세가 한 곳뿐이라 발언권에 제약이 있긴 했지만, 백도맹의 실질적인 수뇌부인 군사부는 신흥 세력이 완벽하게 장악하고 있었다.

"그들이 또 왜?"

"꿩마 때문입니다."

"굉마가 왜?"

"일전에 보고에서 굉마가 당했다고……."

"아! 그 문제의 포교에게 당했다고 했던가?"

"예, 아시겠지만 소림과 굉마는 은원이 꽤나 깊습니다."

"그 이야긴 나도 아니까 생략하고. 그래서 소림은 어쩌겠다는 겐가?"

"잡아들여 참회동에 가두겠답니다. 그를 위해 금강승 둘과 십팔나한이 하산을 했습니다."

"이런! 마련의 반응은?"

"그것이… 조금 의외입니다."

"어떻기에 의외란 소리가 나오는가?"

제갈기진의 물음에 부군사가 답했다.

"무반응입니다."

"무반응?"

"예, 어떠한 반응도 보이지 않고 있습니다. 해서 세간에선 마련이 풍을 맞은 굉마를 버렸다는 의견이 지배적입니다."

그 말에 곰곰이 생각해 보던 제갈기진이 물었다.

"부군사의 생각은 어떠한가?"

"제 생각에도 그런 것이 아닌가 싶습니다. 과거에 소림이 백팔나한을 동원하겠다고 나섰을 때 즉각적으로 반응을 보인 것과는 너무 대조적입니다."

"흐음… 아니야."

"예?"

"아니란 말일세. 그 능구렁이 같은 마녀가 이렇게 흐지부지 꾕마를 버릴 리가 없네."

"하오면……?"

조심스럽게 물어 오는 부군사에게 제갈기진이 말했다.

"무반응이라는 것은 언제라도 반응을 보일 수 있다는 말이기도 하지. 그것도 어느 쪽으로든 마음대로."

"그러기엔 시간이……."

"시간은 이미 마련의 편일세."

"예? 어찌해서 그렇습니까?"

의아해 하는 부군사에게 제갈기진이 설명했다.

"만에 하나 소림이 꾕마를 치자면 누굴 거쳐야 하겠나?"

"그야 자성파라는 웃기지도 않은 수하들을……."

"십 년이 넘게 입안의 혀처럼 굴던 수하들도 다 떠나고 아무도 남지 않았다고 하지 않았나?"

"아! 그러면 그는 무방비입니다."

"아니지. 아직 그의 곁엔 한 사람이 남아 있네."

"누구… 말씀이십니까?"

부군사의 물음에 제갈기진은 한 글자 한 글자 힘주어 답했다.

"포. 교."

제갈기진의 답에 부군사가 의아한 표정으로 물었다.

"설마 그 포교가 굉마를 위해 소림과 맞설 것이라 보시는 겁니까?"

"아니, 소림이 굉마를 치기 위해서 그 포교와 맞서야 하는 것이겠지."

부군사는 자신의 말과 군사의 말이 어디가 다른지 얼른 알아차리지 못했다.

그런 부군사를 바라보면서 제갈기진은 의미심장하게 웃었다.

중원에서 둘째가라면 서러워할 석학인 부군사도 못 알아차리는 문제다. 그것을 염불만 외우느라 굳어 버린 승려들이 알아차릴 리 없었다.

그 말은 소림이 그 포교와 부딪친다는 소리고, 그건 다시 소림이, 구세력이 한창 확장 중인 몽고와 충돌한다는 뜻이었다.

그 안에서 신흥 세력이 얻을 이익을 계산하는 제갈기진에게 연신 고개를 갸웃거리던 부군사가 물었다.

"한데… 어찌하올지?"

"그냥 두게."

"예? 그러다 충돌이라도 벌어지면……?"

"설마 소림이 그만한 생각도 없이 움직이겠는가?"

"하, 하지만……."

"그냥 두라는데도."

차가운 제갈기진의 음성에 부군사가 황급히 고개를 숙였다.

"예? 아! 예, 군사."

고개를 조아리는 부군사를 내려다보는 제갈기진의 눈빛은 차가운 살모사의 그것을 닮아 있었다.

❀   ❀   ❀

꽹마는 놀랐다. 느닷없이 방문한 사람이 초련이라는 사실에.

"무, 무요?"

당황하는 꽹마에게 초련이 예쁘게 웃었다.

"병문안이요."

"왜, 왜?"

"잠시만 기다리라던 사람이 너무 오랫동안 오지 않으니 제가 와 볼밖에요."

"무, 무슨……?"

"저한테 그랬잖아요. 외로워도 잠시만 기다리라고."

그제야 생각이 났다. 금강석을 구한답시고 모란각을 벗어나던 날 했던 말을.

그 후에 세영을 만나 이리된 탓에 모란각엔 가 볼 수가 없었다.

"다 지나간 이리오."
"제겐 아직 오지 않은 일이랍니다."

초련의 말에 굉마의 시선이 닿았다. 눈이 마주치는 순간 얼굴이 붉어진 굉마는 고개를 숙였다.

그 모습을 바라보며 초련은 지난 밤, 좌포청의 포교가 와서 했던 말들을 떠올렸다.

'외로운 사람이야. 보듬고 쓰다듬다 보면 일어설 사람이고. 돌부리에 주저앉은 아이를 한번 일으켜 세워서 사내로 만들어 볼 생각 없나?'

포교가, 자신의 목표가 쏟아 냈던 수많은 말들 중에 초련, 무림인들이 귀서라 부르는 여인의 마음을 흔든 말은 그것이 시작이었다.

그리고 들었다. 사람들이 굉마라 부르는 이가 살아온 삶에 대해서. 그 이야기 속에서 초련은 힘없이 당해야 했던 자신의 과거를 보는 듯했다.

그것이 오늘 이 자리에 그녀가 있게 된 직접적인 이유였다.

고개를 저어 상념을 털어 버린 초련이 굉마가 벗어 놓은 옷가지를 챙겨 일어섰다.

그런 그녀를 바라보며 굉마가 놀라서 펄쩍 뛰었다.

친구가 생기다 • 289

"더, 더러운 거시오."

"빨면 깨끗해지지요. 세상의 모든 것은 그래요."

그 말을 뱉고 나서 초련은 그것이 마치 자기 자신에게 하는 말 같아서 피식 웃고 말았다.

혼자 일어날 수 없었던 꿩마는 방문턱에 앉아 초련이 끈으로 치마를 묶고 빨래하는 모습을 지켜보았다.

"누이……."

초련이라는 저 여인은 모르겠지만, 예전에 짓밟혀 죽은 자신의 누이와 그녀는 너무나 닮아 있었다.

그 탓에 처음 저 여인을 보았을 때 꿩마가 느낀 충격은 말로 설명할 수 없을 정도였다.

오죽하면 누이가 환생한 것이 아닌가 싶을 정도였으니까.

그가 기녀에게 얼굴만이라도 보여 달라고 사정했던 이유가 거기에 있었다. 누이를 다시 볼 수만 있다면 무슨 짓이라도 할 수 있었다.

발을 핥으라면 그럴 수도 있었다.

물론 누이가 아니라는 것은 안다. 환생이라 하기엔 나이가 맞지 않는다는 것도 안다.

그래도 보고 싶었다. 그것이 꿩마가 초련이란 기녀에게 목을 맨 진짜 이유였다.

초련은 그날 이후 매일같이 의원을 방문했다.

꿩마의 빨래를 빨고, 밥도 먹여 주고, 손톱과 발톱도 깎아 주고 이야기도 나눴다.
"흠… 아저씬 동정호 가 봤어요?"
언제부터인가 초련은 꿩마를 아저씨라 불렀다. 그 정도로 나이 차가 나긴 했지만, 꿩마는 그 호칭이 마음에 들지 않았다.
그렇다고 달리 불러 달라는 말도 하지 않았다.
"아니."
발음이 많이 호전되고 있었다. 적어도 그녀가 거동이 불편한 자신을 옮기기 위해 애를 쓰지는 않게 하려고 요 며칠 운기요상에 매달린 덕이었다.
"거기가 그렇게 아름답다면서요?"
"글쎄……."
"난 나중에 그 동정호변에 집을 짓고 사는 게 꿈이에요."
"혼자?"
"피- 누가 혼자 산다고 했나요."
"그럼?"
"신랑하고 살아야죠."
초련의 말에 꿩마의 표정이 어두워졌다.
"거부겠구만."
"누구? 신랑이요?"
"그래."

"무슨 소리예요. 전 사공한테 시집갈 거예요."

생각지 못한 말에 굉마의 눈이 커졌다.

"설마 배 모는 그 사공?"

"맞아요."

"아니, 왜?"

"난 어렸을 때 배를 타 보는 것이 꿈이었어요. 예쁘게 꽃으로 장식하고 차양을 얹은 꽃배요. 엄마가 그랬는데, 꽃배를 타고 유람하는 동정호는 너무너무 아름답다고 했거든요."

"엄마……?"

"네, 정말 예쁜 엄마였죠."

"어디… 사시나?"

굉마의 물음에 초련의 고개가 저어졌다.

"돌아가셨어요."

"어찌……?"

"전쟁이었어요."

초련의 말에 굉마의 얼굴이 굳었다. 자신이 누이를 잃던 때와 같았으니까.

하지만 초련이 기억하는 전쟁은 굉마의 전쟁과 달랐다. 그녀가 말하는 전쟁은 땅을 놓고 벌이는 전쟁이 아니라 이권과 명예를 두고 벌이는 전쟁이었다.

그날, 초련의 어미가 죽던 날, 그녀의 집은 수백의 무인들이 지른 불에 천천히 불타 무너졌다.

 열셋, 아직은 꿈밖에 모르던 자신의 배 위를 수도 없는 사내들이 거쳐 가는 동안 그렇게 그녀의 집은 불속에서 무너졌다.

 주루루륵-

 꾕마는 초련의 뺨을 타고 흐르는 눈물에 놀랐다.

 "소, 소저······."

 꾕마의 부름에 눈물을 훔친 초련이 어색하게 웃었다.

 "칠칠치 못하죠. 그래도 흉보진 말아요. 그날 이후 처음 울어 본 거니까."

 이 사내는 믿지 않겠지만 정말이었다.

 그날 이후 자신의 눈물샘은 말라 버린 듯 눈물이 나오지 않았다.

 아무리 슬픈 일이 있어도, 아무리 억울한 일이 있어도, 눈물은 나오지 않았다.

 그랬던 눈물이 왜 뜬금없이 지금에서야 흐르는지 초련은 알 수 없었다.

 창피했던가? 초련이 어제 말라서 개어 둔 옷을 다시금 걷어내 빨았다.

 그 마음을 어렴풋이 짐작하기에 꾕마는 그것이 새 옷이라는 말을 꺼내지 않았다.

 한참 빨래하는 초련을 넋을 잃고 바라보던 꾕마에게 거친 경력이 날아든 것은 바로 그때였다.

쒜에에에엑-

무엇인가가 날아온다는 것을 느꼈지만 행동의 자유를 상실한 꿩마는 제대로 반응하지 못했다.

그런 그를 지켜 낸 것은 예상외로 빨래하던 초련이었다.

챙-!

날카로운 비도가 초련의 손에 들린 비녀에 막혀 튕겨 나갔다.

"초, 초련!"

놀라는 꿩마의 앞을 초련이 막아섰다.

"웬 놈이냐!"

꿩마가 그간 들어왔던 초련의 나긋한 음성이 아니었다. 살기와 적의가 가득한 그녀의 음성엔 독기가 풀풀 날렸다.

"아미타불."

불호와 함께 의원 마당에 내려서는 승려들을 확인한 초련의 표정이 굳었다.

"소림사!"

초련의 외침에 꿩마는 상황을 곧바로 꿰뚫었다.

"어서 피하시오."

꿩마의 말에 초련이 그를 돌아봤다. 그런 그녀에게 꿩마가 말했다.

"저들과 나 사이엔 쌓인 것들이 적지 않소. 하니 피하는 것이 옳은 일이오. 어서 가시오."

굉마의 말에 초련은 갈등했다. 지켜야 하는지, 아니면 다른 때처럼 자신의 안위를 제일로 치고 피할 것인지.

한데, 그런 갈등 자체에 그녀가 놀랐다.

'내가 남을 걱정해?'

믿기지 않는 일에 잠시 당황하는 그녀에게 금강수법승이 말했다.

"물러나시오. 소림은 그와 풀어야 하는 은원이 있소."

"이, 이 사람은 지금 정상이 아니에요."

"신체의 이상은 죄의 유무와는 상관이 없소이다."

차가운 금강수법승의 답에 초련이 물었다.

"도대체 어쩔 생각인 거죠?"

"그를 데려가 참회의 기회를 베풀 것이오."

"어, 얼마나요?"

초련의 물음에 금강수법승은 낮고 사납게 답했다.

"그 죄가 다 씻길 때까지."

비로소 깨달았다. 아니, 이미 깨닫고 있었지만 만약의 가능성을 두고 싶었다.

하지만 소림은 가능성을 애초부터 가지고 있지 않았다. 저들은 저 바보스럽도록 우직한 사람을 데려갈 것이다.

그리고 가둬 두겠지. 빛 하나 없는 동굴에, 자신들이 마음대로 참회동이라 이름 붙인 그 지독한 감옥에. 저 불쌍한 사람을······.

입술을 깨문 초련이 비녀를 고쳐 쥐고 방문 앞을 가로막았다.

"적어도 날 죽이지 않고선 그렇게 할 수 없을 거예요!"

누군가 왜 그러는 거냐고 물으면 초련은 답할 수 없을 것이었다.

자신이 지키고자 하는 것이 방에서 나오지도 못하는 저 사람인지, 아니면 과거에 힘없이 깨진 자신의 행복인지 조차도 제대로 알지 못했지만, 그래도⋯ 물러설 수 없었다. 아니, 물러서고 싶지 않았다.

초련의 결정에 굉마는 당황했다.

"아, 안 돼! 절대로 이길 수 없어. 피하란 말이야!"

그녀를 설득하기 위해 부르짖는 굉마와 달리 소림의 승려들은 그녀를 설득하는 대신 제압하는 쪽을 선택했다.

"마도를 보호하려는 것을 보니 마구니다. 잡아 꿇려라!"

금강수법승의 외침에 금강승 하나가 불진을 떨쳐 내며 벼락처럼 달려들었다.

휘릭-

삼 장에 달하는 공간이 순식간에 사라지고 금강승이 들이닥쳤다.

이를 악문 초련이 비녀를 비수 삼아 휘둘렀다.

수십의 사내에게 자신의 정절을 바쳐서 얻은 무공이었

다. 지금까진 그것이 자신을 지켜 주었다. 그리고 이번에도 그렇게 되길 빌었다. 하지만…

파캉-

짧은 쇳소리 끝에 남은 것은 반 토막 난 비녀와 그녀를 잡아당겨 품에 안은 굉마, 그리고 그의 넓은 등짝에 반촌 깊이로 파고든 불진이었다.

"흐음……!"

신음을 흘리는 굉마와 그 품에 안긴 초련의 눈이 처음으로 마주쳤다.

"눈이… 예쁘구려."

굉마의 말에 초련의 얼굴이 붉어졌다. 그녀도 처음 알았다. 이 사내의 눈이 이리 맑고 투명하다는 것을.

"모두 마구니들이니라! 제압이 안 되거든 둘 다 베어라!"

금강수법승의 명에 금강승이 불진을 잡아당겼다.

피가 튀고 굉마의 신형이 움찔거렸지만 품에 안은 초련을 놓치지 않았다.

그런 굉마를 향해 꼿꼿이 일어선 불진이 사나운 기세로 떨어져 내렸다.

눈을 질끈 감은 굉마가 최대한 초련에게 피해가 가지 않도록 등판에 내력을 모았다.

"안 돼!"

초련의 비명과 함께 금강승의 불진이 굉마를 덮쳤다.

자투리
어느 날 살막에서

 막야가 동료들과 이야기를 나누고 있었다.
 "설마 그럴 리가?"
 "아니면 왜 기 낭자를 귀환시키지 않는 건데? 어차피 이젠 살행도 하지 않을 거. 기 낭자를 기루에 놓아둘 이유가 없잖아."
 막야의 말에 동료들이 고개를 주억거렸다.
 "그건 또 그렇긴 하지……."
 "글쎄 내 말이 맞다니까. 막주가 기 낭자를 기루에 놓아두고 일 평계대면서 슬쩍슬쩍 만나고 다니는 거라고."
 "그럼 정말로 막주가 기 낭자와 바람……."
 "쉿! 그렇게 함부로 떠들다간 스윽- 알지?"

막야의 충고에 바람을 입에 담았던 동료가 피식 웃었다.

"벼루에 얻어맞을 순 있겠지만 그리 겁낼 필요가 뭐라고?"

막주의 무공이 동네 왈패 수준이라는 건 살막의 자객들이라면 다 아는 이야기다. 하니 동료의 말도 아주 틀린 건 아니다. 하지만……

"이런, 멍청하긴. 그 말을 막주가 들을까 봐 그러는 줄 알아?"

"그럼?"

"일 호가 들으면……."

막야의 말에 바람을 입에 담았던 동료의 얼굴에서 핏기가 빠져나갔다.

"조, 조심해야겠구나."

"당연하지."

고개를 끄덕이는 막야에게 다른 동료가 물었다.

"그나저나 기 낭자가 막주와 그런 사이라니… 예상외인걸."

"그래, 취향이 좀 특이하긴 하다."

"그러면 나도 좀 들이대 볼 걸 그랬나?"

여기저기서 쑥덕대자 막야가 어림도 없다는 듯이 말했다.

"미친 것들. 네들이 들이대면 먹히긴 하고?"

"야- 막주보다야 내가 낫지."

"어딜 봐서?"

"매끈한 몸, 탄탄한 근육. 뭐 하나 빠지는 게 없지 않냐?"

동료의 자화자찬에 막야가 웃기지도 않는다는 듯이 답했다.

"있지."

"있어? 뭐가 있어?"

"너, 나, 그리고 우리한텐 없는 거."

"글쎄 그게 뭐냐니까?"

"잘 생각해 봐라. 그거에 일 호도 빽이 간 거 아니겠냐?"

막야의 말에 그의 동료들은 한참 동안 골머리를 앓았지만 역시 답을 찾은 사람은 아무도 없었다.

"이런 멍청한 것들. 그러니 살막 여자들이 막주에게 뿅뿅 가는 거다."

막야의 핀잔에 동료들이 이구동성으로 물었다.

"그러니까 그게 뭐냐고?"

"이거다, 이거."

자신의 머리를 톡톡치는 막야를 보며 한 동료가 말했다.

"뭐, 비듬?"

그 말에 자신의 머리를 마구 털어 낸 막야가 겸연쩍게 웃었다.

"일주일 전에 머리 감았는데······."

막야를 덜떨어진 놈처럼 바라보며 한 동료가 말했다.

"이런… 너 그렇게 자주 감으면 대머리 된다. 나 봐라. 한 달에 한 번씩 감았더니 이렇게 윤기가 좌르르 하지 않냐."

정말이었다. 그 동료의 머리는 윤기가 흐르다 못해 기름기까지 좔좔 흐르고 있었다.

"대단한데."

"나도 한 달에 한 번씩 감아야겠다."

여기저기서 머리 감는 주기에 대해 말을 쏟아 내는 와중에 한 명이 그런 동료들의 입을 막으며 막야에게 물었다.

"아아, 좀 조용히 해 봐. 아직 십칠 호의 답을 못 들었잖아."

그 말에 고개를 끄덕이며 입을 닫은 동료들의 시선이 막야에게 몰려들었다.

그런 동료들의 시선에 막야가 다시 한 번 자신의 머리를 가리키며 말했다.

"이거. 바로 머리말이다, 머리."

"머리가 왜? 머릿결은 분명 내가 막주보다 낫다고."

한 자객의 말에 다른 동료들이 동의의 표정으로 고개를 끄덕였다. 그런 동료들의 모습에 낮게 혀를 찬 막야가 말했다.

"쯔쯔, 그러니 막주가 큰 힘을 내는 거다. 겉 말고 안 말이다, 안!"

"안이면… 해골?"

"더 안."

"그럼 뇌!"

"설마 막주 뇌가 예쁘게 생겼대? 가만, 근데 그걸 어찌 알지?"

동료들의 어이없는 답에 막야가 버럭 소리를 질렀다.

"지능 말이다, 지능!"

그제야 막야의 말뜻을 알아들은 동료들이 고개를 주억거렸다.

"아~!"

"하긴 막주가 머리 하나는 끝내주지. 저번엔 여덟 자릿수 수십 개를 막 더하더라. 난 그게 얼마 만큼인지도 잘 모르겠던데."

"그건 인정."

"그래서 기 낭자도 넘어갔다?"

"얼음마녀라던 일 호도 넘어갔는데 기 낭자라고 별수 있겠냐?"

"하긴 그렇지. 근데 그럼 기 낭자만 놔두면 되지, 십오 호와 이십칠 호는 왜 함께 기방에 둔 건데?"

"맞아. 그것 때문에 요새 이 호가 여기저기 기웃거리고 돌아다닌다고. 내가 여동생 단속하느라 아주 머리가 깨질 것 같다."

"나도."

"난 마누라 단속이 더 힘들다."

여기저기서 쏟아지는 동료들의 푸념에 막야가 의미심장한 음성을 흘렸다.

"왜일까? 굳이 그런 분란을 방치하면서까지 그녀들을 그곳에 두는 게."

"설마……."

한 동료의 음성에 다른 이들의 시선이 그에게 몰렸다.

"설마, 뭐?"

"뭔데? 뜸 들이지 말고 얼른 이야기해 봐."

"막주가 그 둘까지……."

"허억!"

"헙!"

여기저기서 신음이 터져 나오는 가운데 살기 어린 음성이 튀어나왔다.

"그 말, 정말이냐?"

난데없는 음성에 고개를 돌리니 눈에 귀화가 일어난 2호가 서 있는 것이 보였다.

"그, 그게……."

당황하는 막야와 동료들에게 2호가 사납게 물었다.

"어서 불지 못할까!"

답하지 않았다간 금방이라도 목을 칠 것 같은 기세에 막야와 동료들은 황급히 고개를 끄덕였다.

"저, 정말입니다!"

그 말의 여운이 채 가시기도 전에 2호의 신형이 사라졌다. 대신 그 자리엔 2호의 살기 어린 음성이 남았다.

"씹어 먹어 버리겠어!"

그렇게 음성만 남은 자리를 잠시 바라보던 막야와 동료들이 서로를 바라보다 외쳤다.

"튀, 튀어!"

"어, 어디로?"

"막주와 이 호가 못 올 곳이지, 어디긴 어디야?"

"그게 어딘데?"

그 질문에 십위권인 자객들의 시선이 일제히 막야에게 몰렸다. 그 시선에 잠시 갈등하던 막야가 입술을 깨물며 답했다.

"박 대인!"

그 말이 끝나기 무섭게 자객들의 신형이 사라졌다.

그리고 그날, 길길이 날뛰는 2호와 억울하다는 막주, 그리고 그 둘 사이를 말리는 1호의 모습이 막주의 집무실에서 목격되었다.

3권에 계속

타의에 의해 영혼이 검에 봉인된 호준.
그는 2천 년이란 시간을 그렇게 보내야 했다.
그리고 차원을 넘고 넘어 도착한 중원.
그곳에서 호준은 비로소 그토록 원하던
인간의 육체를 얻게 되는데……!

www.mayabook.co.kr

www.mayabook.co.kr

www.mayabook.co.kr

www.mayabook.co.kr